鳥居の向こうは、知らない世界でした。5

～私たちの、はてしない物語～

友麻　碧

幻冬舎文庫

鳥居の向こうは、知らない世界でした。5

私たちの、はてしない物語

目次

第一話 ◆ 玉蘭という娘

千国（せんこく）の、春。

様々な花が咲き乱れる、極東の麗しの島国で、新しい命が誕生した。

小さくて、柔らかくて、温かな命。

とても愛（いと）おしい存在が、私の腕の中にいてくれる。

寝台の上でその子を抱いて、飽きもせずずっと見つめていると、その子もまた、私を見上げているのである。まだ見えていないと思うのだけれど、そんな気がする。

小さな手をぎゅっと握りしめ、赤くぽってりした頰と小さな唇が愛らしい。

生まれた時から生えていた柔らかな黒髪が、窓辺から忍び込んだ春の風に吹かれてフワッと揺れる。そして、赤ん坊特有のお乳の甘い匂いがするのだ。この匂いが、もうどうしようもなく懐かしく、愛おしい。

ああ……涙が溢（あふ）れそうになる。

自分が母になる日が来るなんて、思わなかった。

「この子の名前はどうしようか、千歳（ちとせ）」

隣で私と同じように赤ん坊の顔を見つめている、透李（とうり）という名の赤髪の美男子が、私に問いかけた。

私は迷いなく答える。

「零先生に決めてもらいましょう。私、ずっと、それがいいと思っていたの」

透李さんが顎に手を添えて、苦笑いしつつ「うーん」と唸った。

「先生、渋い顔をしそうだなあ。特に女の子の名づけは難しいと、昔ぼやいていたのを聞いたことがある。流行が移ろいやすいから、成長したその子に名前が古臭いとか渋いとかババ臭いとか、文句を言われるそうだ」

「ふふふっ、何それ面白いわね。でもきっと先生なら、未来に希望を持てる、この子が幸せになれる良い名前をくださるわ。……何といっても、先生はこの国で唯一の、本物の仙人なのだから」

透李さんは目を細め、そうだねと笑った。

この子が生まれたのは、私がこの方に嫁いでから、約一年後のことだった。

透李さんは私のことを千歳と呼び捨てにするようになっていて、私は透李さんに、日常生活の中では敬語を使わなくなった。

そういう、夫婦の関係になっていた。

私、夏見千歳は、元々は地球という世界の、日本という国に住む普通の大学生だった。

しかし二十歳の誕生日、神社の鳥居を潜って、謎めいた黒ウサギに誘われながら、この異界にやってきた。

鳥居を抜けて、私が辿り着いた〝千国〟は、この郷という名の世界では極東に位置する、気候に恵まれた麗しの島国である。

肥沃な大地を持っているため、あらゆる植物に暮らしを助けてもらいながら、豊かな文化を育んできた国、千国。

この国にやってきた初めの頃は、どこか中華の趣があったり、日本にもありそうな和の文化も混じっていたりと、妙な国だと思ったものだ。

ここはそういう、不思議の国。

私はこの国で、零という名前の薬師に拾われて、そこで薬師見習いとして働いていた。要するに零先生の弟子だった。

零先生は、見た目こそ神秘的で若々しいが、とても長生きをしてきたこの国の仙人で、国王にさえ進言することのできる凄い立場の人だった。

いつも神経質な顔をしていて厳しいところもあったが、実際はとても温かい人で、私に様々なことを教えてくれた。

薬師としての知識や、技術だけではなく、生きていく上で大切なこと。

自信がなく、意思表示の力も弱かった私に対し、それではダメだと叱ってくれ、夢や居場所を与えてくれた。そんな、父のような人だった。

様々な人と出会い、様々な事件を通し、私は少しずつ自分に自信を持って、この世界で生きていくことを決めたのだ。

そして私は、この世界で初めて恋をして、その人と一生を共にすると誓った。

それが目の前にいる、赤髪の青年、透李さんだ。

透李さんは、零先生のもとで育ったこの国の第三王子だった。

母が庶民の出というだけで、王宮で複雑な立場にいた透李さん。しかしその苦労を微塵も見せることなく、いつも笑顔で私に接してくれていた。そんな透李さんの事情に触れ、彼の抱く切なさや強さに、心惹かれたのだ。

そうして私は、今現在、第三王子の妃として王宮暮らしをしている。

現国王は、透李さんの兄上でいらっしゃる青火陛下。あの方は兄弟の絆を重んじ、第二王子や第三王子とのしがらみを乗り越え、その妃や家族を王宮内に住まわせ、重役を任せている。

私は妃といっても、国王の正妃というわけではないので立場はそれほど高くはない。

そういうこともあって、王宮内では、妃兼、薬師として働いていた。

しかし妊娠し、子どもを産んだ今は、薬師のお役目を少し休んでいるのだった。

「先生。先生。見てください、私と透李さんの娘です」

白髪の仙人・零師が、私と透李さんの住まう王宮の月長宮(げっちょうきゅう)へとやってきた。

「………」

今日も今日とて、神経質な顔をしていらっしゃる。

しかし零先生は私から赤ちゃんを受け取ると、優しく、慣れた様子で抱きかかえた。

生まれてまだ一週間ほどしか経っていない赤ん坊。

まだしっかり目が見えているわけではないが、零先生に抱きかかえられると、安心した顔をして、大きなあくびをしたのだった。

流石(さすが)は零先生。赤子を抱えるのもお手のもの。

もの凄く長生きなだけある。

「……やんちゃな娘に育ちそうだ」

先生は赤ん坊の顔を見て、まずはそれだけ、ボソッと呟(つぶや)いた。

「まさか。俺と千歳の子なのに！」

透李さんが、驚いた顔で反論する。

零先生はそんな透李さんを、横目でジトッと見た。

「言っておくがな、透李。お前の幼い頃のやんちゃっぷりは、他の王子に比べて、目に余るものがあった。確かに母の千歳の気性は大人しい方だが……この娘のこの感じは、透李の赤子の頃を彷彿とさせるのだ。ああ、そうに違いない。絶対にこの娘は、やんちゃに育つぞ」

「ふふふっ。零先生がそう言うのなら、そうなのでしょうね」

私は口を押さえながらも笑ってしまった。零先生が言うと、妙な説得力があるし、彼の勘はよく当たるから。

透李さんは赤ん坊の顔を覗き込み「そうかなあ～」とぼやいている。

透李さん曰く、この赤ん坊の顔は、私にそっくりなんですって。

でも私は、零先生と同じように、透李さんに凄く似ていると思っている。目元や耳の形がそっくりだ。

ただ、千国では少し珍しい黒髪というところだけは、どう考えても私に似たのだろう。

この国は常風民族が多く、透李さんと同じような赤髪の人が多いから。

「はあ～、先生。赤ん坊の前でもしかめっ面って。素直に可愛いって言えばいいのに。孫娘にも等しい赤ちゃんが生まれたって、ここ一週間、家でずっとそわそわしていたくせに」

「蓮蓮。お前は黙っていろ」

先生のところで弟子として働く蓮蓮という少女が、両手を広げやれやれと首を振りながら暴露した。

先生ってば、私と透李さんの娘を、そんなに喜んでくれていたのか。

そわそわした零先生、ちょっと見たかった。

「俺は断言するぞ。この娘は逞(たくま)しくやんちゃに育つ」

そして改めて、生まれたばかりの赤ん坊に、そう予言したのだった。

赤ん坊はまた一つあくびをした。

「まあ、やんちゃな子はやんちゃな子で可愛いか。元気が一番なわけだし。先生、俺たちの娘に、どうか名前をつけてよ」

透李さんがいよいよその話題を持ち出した。

「なんだ、まだ名前をつけていなかったのか」

「先生につけてもらおうと思っていたのです。それがこの子にとって、一番の贈り物ですから」

私がそう言うと、先生は案の定、渋い顔をした。

「嫌だ。俺が時代遅れの名前でもつけて、成長したこの娘に、ガミガミと文句を言われてもたまらん。古臭いとかババ臭いとかな。最近の流行の名前が、俺には理解できないし、あまり好きではないしな」

やはり透李さんの言っていた通り、零先生は、いつかその子に、自分の与えた名前に対し文句を言われると思って心配しているようだった。

「例えば、どのような名前が流行なのですか？　私には、千国の名前の古さや流行など、よくわかりません」

「最近は異国風の変わった名前をつける輩が多いのだ。特に娘は敏感で、西方の名前にこちらの字を当てているような名前に憧れているのだ。俺はそういうのを名づけるのはごめんだ」

なるほど……。

確かに、零先生はそういうのは嫌いそうだ。

千国はもともと移民を受け入れながら発展してきた国で、ここ数年で西方諸国との貿易や交流も盛んになってきたことから、そちら側の客人や移民と触れ合う機会も多い。

それもあって、新生児の名前に西方風の名前をつける、イマドキの若い夫婦もいるという。

商業国家の千国らしいと言えばらしい。将来的にそちらとの商売を見据えて、親しまれやすい名前を与えたいと考える者も多いのだろう。

とはいえ千国特有の古風な名前だって、素敵だし、大事だ。

女の子の場合は、植物の名前や色を含んだ名前が、古き良き千国らしい名前だと言われている。

何より零先生ならば、この子に一番ぴったりの名前をつけてくださると私は確信している。

「流行など関係なく、零先生がピンときた名前でいいのですよ」

「いいや。お前たちにいくら頼まれても、俺は名前をつけんぞ」

先生は今もごねている。赤ん坊を抱っこしたまま。

先生、そんなに自分のつけた名前を嫌がられた経験があるのかな……

零先生は見た目こそ若いが、中身は頑固ジジイだ。私が弟子だった頃も、この頑固っぷりに何度も苦労させられたっけ。

「でも先生、色んな子どもの名づけ親じゃん。下手したら、先代国王や先々代の名前とかもつけてるし」

透李さんが粘る。

「あの頃と今とでは事情が違うぞ、透李。俺はそろそろ引退したいと思っているくらいの、古臭い名前しかつけられない年寄りだ。この国にはもはや、仙人は必要ない」

「ま、またまた〜。先生はまだ現役ですよ！」

私も必死に先生を持ち上げる。

「あ、そういえば最近、二番地で生まれた若夫婦の赤ちゃんの名前を、先生がつけてましたよ。とってもいい名前だったけどなー」

蓮蓮がまたしても、あっさり暴露した。

零先生が蓮蓮をキッと睨(にら)んでも、彼女は口笛を吹いてどこ吹く風。この二人もなかなか面白い師弟関係を築いていそうだ。

しかし、蓮蓮の言ったことが本当ならば、零先生に育てられた私たち夫婦の子の名前を、先生がつけてくださらない道理はないのである。

「……はあ。どうしたものか」

逃げ場を失った先生はため息をついて、再び赤ん坊を見下ろした。

赤ん坊もまた、じっと先生を見ている。

おそらく、目の前にいる人間の顔くらいは、ぼんやり見えるのだろう。

本能的に、この人は安心できると思っているような……そんな目だ。

「……なるほど。赤ん坊ながら、しっかりした目元や耳の形は、透李に似ているだろうか。黒髪や黒目などの特徴は、千歳譲りのものだ。しかし瞳の奥に宿る好奇心の光は、お前特有のもの。お前は類い稀(まれ)な、千国王家の者と異界人の間に生まれた娘。……まるでそれは、千国の成り立ちを、繰り返すような」

「…………」

零先生は落ち着いた声音でポツポツと語る。

そうやって、この赤ん坊を象る情報、輪郭をなぞっているのだ。

千国の初代国王は、私と同じ、異界より招かれた日本人だったという。ゆえに千国には日本の文化が至る所に根付いている、という背景がある。

長い歴史を積み重ね、私がこの国にやってきて、王家に嫁いだことで、再びこの赤ん坊に異界の血が受け継がれる。それは多分、私が思っている以上に、多くの意味を含んでいるのだろう。

しかしそんなことは関係なく、劇的に変わりつつあるこの国と、世界を、この娘には逞しく生き抜いて欲しいと、きっと誰もが願っている。

「あ……」

その時、窓辺から柔らかな風が舞い込んできた。

生暖かい春の風が運んできたのは、白く大きめの花びらだ。

温かみのある白い色の花びらが、この赤ん坊の上でくるくると舞いながら、ポトッとお腹の上に落ちた。

それは月長宮から見える庭園に咲く、長生きの白木蓮の花びらだった。

零先生は、なるほどと言うように、ゆっくりと頷いた。

「あの気難しい白木蓮の祝福を受けたのか。この娘もまた、千歳譲りの、刺激的な仙力を宿しているらしい」

赤ん坊が手を伸ばし、何かを必死に摑もうとしていた。

零先生はそれに気がつき、赤ん坊を抱きかかえたまま、窓辺に近づく。

そこからは、確かに白木蓮の木が見える。この庭園でも一際目立つ木だ。

白木蓮の周りを、色とりどりの花びらが取り巻いている。

風が、あの木を中心に、庭園の春の花々から零れ落ちた花びらを巻き上げて、楽しげに踊っているのだ。

赤ちゃんはその手を、なぜだか白木蓮の方へと伸ばしていた。

その子の瞳を見て、零先生はジワリと目を見開く。

「なるほど。お前には風の色が見えているのか」

「風の色……？」

私と透李さんは顔を見合わせる。

零先生だけが、この赤ん坊の不思議な個性に気がついて、そこから導き出される名前を唱えた。

「ならば、お前の名前は〝玉蘭(ぎょくらん)〟だ。玉蘭とは、風の精霊の寝床である白木蓮の別名でもあるが、玉という字には宝石の意味もある。お前はきっと、多くの者にとって宝となり、希望となるような、愛される子になるだろう。お前には常に、導きの風が吹く」

私や透李さんもまた、その名前を唱える。

「玉蘭……」

「玉蘭か。いい響きだ」

なんと素晴らしい名前を頂いたのだろうか……

ふわりと、白木蓮の花の香りが私たちを包み込む。

風が、祝福とともに運んでくれたのだ。

大きなあくびをした無垢(むく)な赤ん坊は、今しがた自分につけられた名前を呼ばれても、まだきょとんとしている。

だけど、零先生の言ったように。

この子は私たちにとっても、千国にとっても、掛け替えのない宝玉(ほうぎょく)のような姫となるのである。

常に、導きの風吹く姫に。

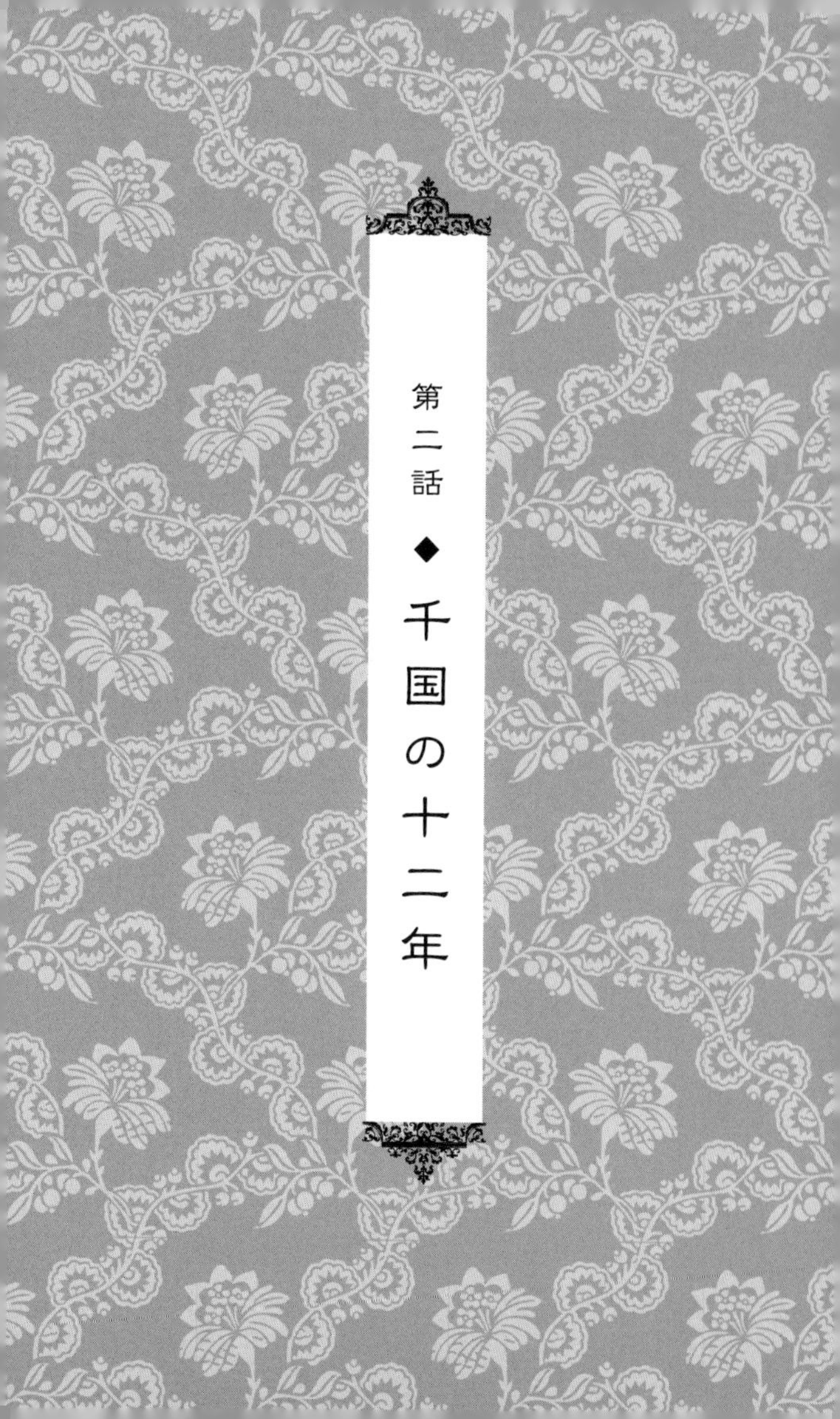

第二話◆千国の十二年

玉蘭、一歳で零先生に噛み付く。

玉蘭、二歳で国王陛下の髭を毟る。

玉蘭、三歳で従兄弟の男の子に喧嘩で勝つ。

玉蘭、四歳でピアノを弾き始める。

玉蘭、五歳の時、可愛がっていた小鳥が死んで酷く悲しむ。

玉蘭、六歳の時、木の上から落ちるも風に守られ怪我はない。

玉蘭、七歳にして「幻想即興曲」を弾く。その後ピアノを弾かなくなる。

玉蘭、八歳で剣を覚えたがる。

玉蘭、九歳の時、王宮を抜け出し千華街に行く。

玉蘭、十歳にして異国の三ヶ国語を習得する。

玉蘭、十一歳の時、叔母の蝶姫様が病で亡くなる――


玉蘭はすくすく成長し十二歳になった。

そして、霞桜の君と呼ばれる王弟妃の私は、三十六歳になった。

私のこの十二年は、玉蘭という可愛らしくもお転婆な一人娘の成長を見守った、悩みと、格闘と、喜びの日々でもある。

彼女の成長を日記に認めながら、私は時に自分の母のことを、じっくりと考えるようになった。

母の気持ちが、少しはわかるようになったからかもしれない。

きっと私の母も、子育てをしながら、多くの悩みを抱えていたに違いない、と。

「ねえ、お母様。どうしてお母様は自分の世界に戻ろうとはしなかったの？　その機会はあったのでしょう？　そんなに、地球という世界は居心地が悪かったの？　それとも料理が美味しくないの？」

今日も今日とて、好奇心旺盛な玉蘭は、私に、地球の話を聞きたがった。

それは、彼女が幼い頃に、母である私が〝異界人〟であることを認識してから、ずっと続く日常のこと。

玉蘭にとっては叔父にあたる、結城優の残した、異界の光景が描かれたスケッチブックがこの王宮には残されている。

玉蘭はそれを眺めるのが好きで、国王に頼み込んでそれを見せてもらいながら、彼女は幼いながら……いや幼いからこそ、異界というものを空想し、想像を爆発させ、かの地に憧れ続けているのだった。

その興味が少々熱烈なので、私はいつも、少しだけ困ってしまう。

「いいえ。地球は地球で素晴らしいところよ。住みやすさで言ったら、それを自分で調整できる道具がたくさんあったし、こちらよりずっと便利だと思うし。それに料理だって、あらゆる国の美味しいものを食べることができたわ。移動も、こちらの世界に比べたら簡単にできるわ。船や、飛行機や、電車があって。……そう。この世界にないものがあって、この世界にあるものがない……ただそれだけで」

「ふーん。確かにお母様のいた世界は、ここよりずっと文明が発達していると、国王陛下や他の異界人に聞いたことがあるわ。船や汽車はこっちの世界にもあるけれど、空の星にまで行ける船があると聞いた時は、度肝を抜かれたもの。凄まじいわ〜」

それは、ロケットのことだろうか。

「ふふっ。でも、空の星に行くのは、あちらの世界でも選ばれた人たちだけだったわ。誰でも行けるわけではないのよ」

「えっ、そうなの？　なんだー、星の王子さまが本当にいるのか、確かめたかったのに」

この世界で、それを可能にした乗り物はない。

まだそこまで、技術や文明は発達していない。

ただ、異界にあるというその存在は広く知られており、異界人を多く保護している西方の国々では、すでに開発に乗り出しているという噂も聞く。千国にはまだないだけで、すでに西方では飛行船が開発されていると聞くし。

「ああ、それでもあたし、地球という世界に行ってみたいわ～」

「だけどね、玉蘭。この世界も、私の生まれた異界とそう変わらないのよ。だって、異界人の知識や技術を活用して、世界の形が変わってきているんですもの。あなたの憧れる世界に、近いうちにこの世界もなっていくということよ。それは多分、何百年も先のことだろうけれど、確実に」

「それじゃ遅いのよ！　あたしが生きてないじゃない。だから手っ取り早く、異界に行ってみたいなって」

「手っ取り早くって……」

困った。玉蘭は本気で、異界に行ってみたいようだ。

この千国では、異界人がやってくる方法に鳥居を潜るというのがある。

しかし西方では、地球で沈没した客船や、海に墜落した旅客機の乗客がこの世界にやってきているという話だ。西方は異界人の数がとても多いため、あらゆる分野の技術者を保護している。それが西方の産業革命に繋がったのだ。

このように、異界を行き来する方法は、世界中に様々な形で存在するのだろう。

異界人は何も珍しい存在ではなく、その知識は今や各国の財産となっていて、異界の知恵や知識を活用し発展している国は多いのだ。

ただ玉蘭は寝台の上でゴロゴロ転がって、異界のことが書かれた本を掲げながら「そうかしら」と唇を尖らせていた。

「お母様のいた異界だって、歩みを止めているわけではないでしょう？　きっとお母様の知らないうちに、異界は異界で、物凄く発展して、様変わりしているはずよ。きっとお母様の想像もつかない物が生み出されていて、新たな文化が花開いているのよ。あたしはそれが知りたいわ」

「……玉蘭ったら。あなたは本当に、十二歳の姫なのかしら」

玉蘭は、好奇心旺盛かつ、非常に活発で利発だった。

その発言は、時に私や夫の透李さん、国王陛下すら驚くほど。

とはいえ好き嫌いのはっきりした娘で、好きな勉強や習い事はとことん頑張るけれど、嫌いな勉強や習い事は、全くやる気が出てこないという極端な性格でもある。

ゆえに、姫として必要なことが全て身についているわけでもないのだが……

「あーあ。やっぱり行ってみたいなー、お母様の世界に」

玉蘭の、異界への興味は尽きない。

彼女は寝台の上でゴロンと横になり、左右に結った黒髪を撫でている。

そんな娘を見て、私は仄かに心配になる。

「……もし、玉蘭があちらの世界に行ってしまったら、私はとても寂しいわ。あなたがこちらに、帰ってこなくなるかもしれないもの」

「まあ、お母様ったら、そんな心配をしているの？　お母様はきっと呼び戻してくれるでしょう？　強く呼び戻す人がいたら、たとえ異界に迷い込んでも、元の世界に戻ることが可能だって聞いたわ」

なぜだか玉蘭は得意げに語っている。

それは確かに、その通りなのだ。

そうやって、私の弟も元の世界へと戻ったのだから。

「だけどそれは、あちらの世界からやってきた異界人に限られた話で、こちらの世界の住人が、あちらの世界へ行って戻ってきた記録はほとんどないのよ。……それに、あなたがあちらの世界で、恋をして、こちらの世界の人々以上に大切なものができたら、きっと元の世界へは帰りたくなくなるわ」

「……それは、お母様のように？」

玉蘭は顔だけをこちらに向け、私をジッと見つめた。

この子はまた、言いづらいことを聞いてくる。

私は小さく苦笑した。そして、玉蘭を見つめて、偽りなく告げる。

「そうよ。私はこちらの世界で生きていくと、自分で決めたの。零先生と、あなたのお父様……透李さんがいたから」

あちらの世界にいた頃の私は、玉蘭とは正反対。

生きる気力も目的もない、自己表現に乏しい、ただ動く人形のようだった。

家族の中に居場所がなく、将来何をしたいとか、どういう人間になりたいとか、そんな目標が一つもなかった。一人で何とか生きていかなければならない、という思いだけがあったのだ。

だけどこの世界にやってきて、私は自分の居場所と、夢と、愛する人を見つけた。

人は一人では生きていけないと、零先生に教えてもらったのだ。

「でも、お母様。お母様の弟が、お母様を迎えに来たと聞いたことがあるわ。えっと、優さんだっけ？　あたしにとっては、会ったことのない叔父様ね。陛下が昔、異国で拾ってこの国に連れてきたとか」

それって凄い幸運だわ、と玉蘭は付け加える。

「優君……そうね。確かにあの子は、あちらの世界で行方不明になっていた私を探していた。私の母の日記帳を持って、私をこの世界まで迎えに来た。だけど、だからこそ、私は選ばなければならない瞬間を迎えたのよ」

腹違いの弟、優君の姿を思い浮かべた。

彼は私を探してこの千国にまで来てくれたけれど、最後は私がこの世界に残ると決め、この選択を理解してくれた。

優君は、あちらの世界の私の父に、どのような話をしたのだろう。

こちらの世界で撮った写真は、現像できたのだろうか。

父は、あちらの家族は、この世界で生きると決めた私を、どう思っただろう。

時々、知りようもないあちらの世界の人々と、彼らのその後を、考えることがある。

みんな、元気にしているかな、と……

「…………」

私がぼんやりと考え事をしていたせいか、玉蘭が私の目の前までやってきて、じーっと私を見ていた。

この子は相手の目を、真正面からジッと見つめる癖がある。

子どもらしいと言えばその通りなのだが、子どもながらにこの目力(めぢから)は、相手を怯(ひる)ませることがある。

それは、ある意味で玉蘭の武器かもしれない。

「玉蘭、あなた本当に、あちらの世界に行きたいの？　それで王宮にある鳥居を、毎日飽きもせず、日課のように潜っているのではないでしょうね」

「そう心配しないで、お母様。あたしは知らない世界を知りたいだけだし、そもそも一万回鳥居を潜っても、あちらの世界への扉は開きそうにないから。でも万が一、例の黒ウサギがあたしの前に現れてあちらの世界に行けたなら、千国にとって宝物になるようなものをたくさんたくさん持って帰るつもりよ。あたしはこの国のお姫様なんだから！」

玉蘭は得意げな顔をして、ドンと胸を叩く。

うーん、玉蘭はこう言うが、私は彼女の目的をよく知っている。

「あなたは、ただ外へ行きたいだけなのでしょう。何より冒険がしたいのね」

「ご名答！　だって王宮の敷地内だけでは物足りないもの。知らない場所に行って、知らない人々と出会って、知らないものを食べたり、見たりしたいのよ。お母様が、私に読み聞かせてくれた『はてしない物語』のように。ジゼル女王に頂いた『ナルニア国物語』のように！　私も、はてのない世界の、物語を紡ぎたいの！」

玉蘭は窓を開けて、青い空を飛ぶ鳥の、さらに向こうを指さす。

そう、遠い世界を見据えていた。

人並み外れた好奇心と行動力があるのに、好き勝手に、この王宮を出ることを許されない、姫という身分。

彼女にとっては物語こそが、自分を遠くへと連れて行ってくれるものだった。

しかし物語を読めば読むほど、彼女は外の世界や異界への憧れを募らせた。

もしかしたら、これほど外に恋い焦がれる彼女にとって、姫という立場は息苦しいものでしかないのかもしれない。

「それにね、叔母上が……」

「…………」

「蝶姫様が言ってくれたの。あなたはあなたらしく、どこまでも行くといいって。だけど千国の姫として、しっかりこの国を守りなさいって」

「……玉蘭」

「叔母上は、この王宮を出たことが、ほとんどなかったのよ」

蝶姫様。

現国王陛下と母を同じくする王の妹君だ。異界人であった私にも興味を示し、よくしてくださった美しい方だった。

　私が出会った時にはすでに、治らぬ病を抱えていたが、昨年、この宮殿で帰らぬ人となった。

　零先生が手を尽くし、その病を克服する薬を日夜研究していたのだが、間に合わなかった形だ。

　彼女は常に、自分がこの国のお荷物となっているのではないかと憂いていた。

　姫として生まれたのに、国王陛下である兄のためにも、この国の民のためにも、何もできないと言って、心を痛め、嘆いていた。

　表向きは明るく元気そうに振舞ってはいたものの、その病は確実に、彼女の心と命を蝕（むしば）んでいたのだ。

　姫としてどこかの国に嫁ぐこともできず、ただこの王宮で、緩やかに弱って、死を待つのみだった蝶姫様。

　だけど蝶姫様が、この千国の素晴らしい姫だったことは、まごうことなき事実だ。

　だって彼女が異国の商会より買ったピアノが、私と、千国の未来を動かしたのだもの。

　彼女は外交の顔として、この王宮で、自分の使命を全うしたのだ。

　私が王宮の妃（きさき）となり、はや十三年。

　世界の情勢はすっかり様変わりしている……

「それはそうと、玉蘭。今からピアノの授業があるのでは？」

「げっ」

　玉蘭が、姫らしくない顔をして、姫らしくない下品な声を漏らす。

「げっ、ではありません。それにピアノの先生や、他の姫君たちをお待たせしてはいけないわ。あなたはピアノの音楽を聞くのは好きでも、弾くのは本当に嫌いなのね。私はピアノを弾くのが好きでたまらなかったのに」

「あたしにお母様のような、ピアノの才能はないもの！　あたしが弾いても、青焔(あおほむら)が咲くこともないし！　あたしはもうピアノは諦めたのよ」

　クッションを抱いたまま、拗(す)ねたような顔をしている玉蘭。

「それよりあたしは、本と剣が好き！　やっぱりあたしは、室内であれこれするより、部屋の外に出て冒険がしたいのだわ！」

「あ、こら待ちなさい、玉蘭！」

　玉蘭は寝台を飛び降りると、ダダダッと部屋を飛び出し、口うるさい私から逃げるように月長宮(げっちょうきゅう)から出て行った。

　薬園楼閣(やくえんろうかく)とは反対側に走って行くのが窓から見えたので、ピアノのお稽古に行くつもりは毛頭ないらしい。

「まったく……」

インドア派だった私と違って、玉蘭はアウトドア派だ。

あのお転婆っぷりは、いったい誰に似たのだろう。やはり透李さんだろうか。

十二年前の、零先生の予言通りになってしまったわ……

「はあ。でもまさか、ピアノ嫌いになるとは思わなかったわ。ピアノはこの国にとって重要な楽器になったのに」

そう。今や千国にとってピアノは、宮廷音楽として欠かせないものになっている。

西方諸国の要人や客人をもてなす際は、必ずと言っていいほど演奏することになっているし、この国の現国王陛下の名代冠花(みょうだいかんか)である青焔は音楽を聞かせなければ花を咲かさず、何より国王のお気に入りの楽器がピアノだからだ。

すでにこの世界ではピアノが量産されており、異界人によって多くの楽譜も持ち込まれ、西方諸国の貴族たちの間で当たり前のように演奏されている。

千国でも、かつて私の母が異界よりもたらし、蝶姫様が買ったピアノが、外交の必需品となっているのだった。

この十二年間、私が王宮で育てたピアノ奏者は数えきれない。

今や、私よりずっと才能ある上手な奏者もいるし、その者たちがさらに生徒をとって、ピアノを嗜む者たちは増えている。

しかし千国の青い焔草は、私が弾くピアノに最も強く反応し育つため、私は定期的にあの薬園楼閣でピアノを演奏するのだった。

玉蘭にも同じ力があると思われていたのだけれど、あの子は本当にピアノの練習が嫌いだった。

いや、あの子がピアノ嫌いになったのは、私のせいだ。

幼い頃、毎日欠かさず、玉蘭にピアノのレッスンをしていた。

周囲の期待もあり、私の指導にも熱が入ってしまったせいで、玉蘭には大きなプレッシャーがかかっていた。私と比べられることもあったのだろう。

そしてピアノの練習嫌いが悪化し、やがて彼女は、ピアノを弾くことそのものに対し、苦手意識が芽生えたのだった。

そう。これは私の、とても悪かったところだ。

私が好きだからといって、あの子も好きだとは限らないのにね。

あの子は、私の生き写しというわけではなく、別の人格を持つ別の人間だというのに。

それで私は、かつて自分の母が、私に対しスパルタ教育を施していたことを思い出した。

私が自らの母と同じようなことをしていたと気がついて、玉蘭にピアノを強要することをやめたのだった。

それからは、他のピアノ奏者に玉蘭の指導を任せたのだけれど、今も玉蘭はピアノが嫌いで、あまりその授業を受けたがらない。

ピアノより、本を読んで空想を膨らませたり、従兄弟の王子様方と剣を学ぶことの方がずっと楽しいらしい。よく外に出て、武人たちの訓練を見に行っているという。

透李さんが、自分の身を守る護身術の一環として剣を持たせてしまったことが、全ての始まり。

お転婆な玉蘭は、ますますお転婆に磨きがかかり、いつかの冒険を夢見て、戦える姫君を目指しているのだった。

その日の午後の、菫青宮にて。

「おっほほほほほ。元気な姫君で、大変よろしいではないですか」

「よろしくありません正妃様！　あれでは後々、千国の姫としてお役目を果たせるかどうか……」

「まあー。千歳妃がそんなこと言うようになるなんて」

「……メグナミ妃まで」

国王陛下・青火(せいか)様のお妃様である、正妃・玉玲(ぎょくれい)様。

第二王子であり宰相・左京(さきょう)様のお妃様であるメグナミ様。

そして、第三王子であり将軍・透李様の妃である私は、よく三人で集まってお茶会をしている。

私たち三人の妃は、それぞれが王宮内で役目を持っているので、お互いにお世話になることも多い。そのため、とても仲がいい。

正妃様は正妃としての仕事の他に、自らが創設した女学校の教師をしているし、メグナミ妃は式典などで扱う服飾の管理を任されている。

そして私は、国家薬師(くすし)としての免許をもっているため宮廷薬師としての一面を持つ。

零先生のもとで学んだ薬学の知識を、今現在も王宮で生かしているというわけだ。

「それにしても、赤ちゃんっていつ見ても可愛らしいですね」

「メグナミ妃、わたくしが抱いても？」

メグナミ妃は、抱きかかえていた生まれたばかりの男の子の赤子を、正妃様の腕の中に優しく移動させる。この男の子の赤ん坊は、宰相様とメグナミ妃の四人目のお子様だ。

ちなみに、正妃様には二人の王子と一人の姫がいらっしゃる。

私と透李さんは、玉蘭が生まれた後、子に恵まれることはなかった。

「そういえば、聞きましたか？　常風国の話……」

「常風国がどうかしたのですか？」

　メグナミ妃が凝った肩を回した後、内緒話のように声を小さくさせ、前屈みになる。

「なんでも、常風国では、反皇帝派が大きく動きそうなのだとか。あれほどの栄華を誇った常風国が、ここ十年でこれほど弱体化するとは思いませんでした……」

　これに対し、正妃様が「そうですねえ」と、赤ん坊をあやしながら語る。

「今や、常風国のやり方は古いと言わざるを得ないのです。かの国の皇帝は、他国や異界の文化や文明を受け入れることができません。しかし世界は、西と東ですでに繋がりつつあり、刻一刻と姿を変えています。特に異界人の知恵や知識が、現状を右にも左にも転ばせることがあるのです。大事なのは、情報」

「情報……」

　私は茶器を持ち上げたまま、それを啜ることもなく、ただ正妃様の話に集中していた。

「ええ、情報です。それを理解していた青火様は、もっとも異界人が多く降り立った、産業革命の著しい西方諸国との交易を重視しました。それがもう、十五年近く前のことでしょうか。西方諸国にとって必要だった東方の貿易の拠点として、この千国の港をいち早く提供したのです。千国は小さな島国で、軍事力こそ常風国に劣りますが、情報と経済力、そして西方諸国との連携によって、戦争を起こさずして、常風国の支配から逃れることとなりました」

そう。それまで東方諸国の中心だった、大陸の常風国。

千国にとっても、顔色をうかがわずにはいられない大国だったのだが、常風国からこの国に嫁いできた前正王妃の謀反の計画が、いくつかの事件をきっかけに露見した。常風国のこの国を支配下に置く計画が失敗に終わったのだ。

それがきっかけで、常風国と千国の関係は悪化し、今もまだ緊張状態が続いている。

そのせいか、もともとそうなる運命だったのか……

以降、常風国は衰退の一途を辿り、ここ数年は内乱が続いているという。

常風国は内乱を抑え込むのに必死で、千国に対し何もできないまま、十年以上が経過した形だ。

「常風国はこれからどうなるのでしょう。内乱がもうずっと続いているといいます。それに伴い、多くの犠牲者が出ているとも。難民も多いとか……」

私は眉を寄せ、かの国のこれからを憂いた。

「反皇帝派が、今の皇帝を討つことがあれば、それが時代の変わり目となりましょう。その時、かの国の玉座に座った新皇帝が、どのように国を動かすのか……それが常風国と、千国の未来をも左右するでしょう」

今まで淡々と話していた正妃様の表情も、憂いを帯びる。

「常風国の支配を逃れたとはいえ、かの国と千国の大半は、民族を同じとしております。かの国が大国であることに変わりはなく、この先もずっと、千国は常風国の動向を注視し続けねばなりません。それに……西方の国々が、異界の技術を巡って大きな戦を始める兆しもあるといいます」

「そうなのですか？」

それには驚かされた。西方は平和なのだと思っていたから。

しかも、異界の技術を巡っての争いだなんて……

正妃様はゆっくりと頷き、再び語る。

「西と東の行き来が盛んになった以上、千国がそれに巻き込まれる可能性は、十分にあるのです。我々も次代を担う、若い王子と姫たちを、賢く逞しく、そして強かに育つよう考えていく他ありません。時代がどんなに移ろい変わっても、しなやかに柔軟に、対処していけるように。何より、この国と民を守れるように」

私とメグナミ妃は、正妃様のお言葉に深く頷いた。

この先、私たちの王子や姫たちは、難しい時代を任されていく。その担い手となる。

今はまだ、平和な千国で健やかに成長している子どもたちだが、ゆくゆくは、厳しい世界の現実に直面することとなるだろう。

そうならないよう、大人たちも日々、できることを頑張っているのだけれど……

そんな時だった。

慌てた女官の声が、この菫青宮に響く。

「大変です！　玉蘭姫様が、訓練場にてお怪我をなさいました！」

「ええっ、何ですって⁉」

三人の妃の中で、私だけが慌てて立ち上がった。

そして、いつも持ち歩いている薬箱を持って、この場の妃たちに挨拶をし、駆け足で玉蘭のいる訓練場へと急いだのだった。

「って、ただ膝(ひざ)を擦(す)りむいただけじゃない！」

「そうよ。みんなして大袈裟(おおげさ)なのだから。あたしがこの程度の怪我に屈すると思って？」

王宮内の、武人たちの訓練場に慌てて駆けつけた私たちに対し、玉蘭はケロッとして「全く痛くもないわ」と言う。

まあ確かに、お姫様が怪我をしたら女官が慌てふためくのが普通なのかもしれないが、この程度の怪我は玉蘭にとって日常茶飯事であった。

私は薬箱を開けながら聞く。

「そもそもどうして膝を擦りむいたの？　木刀が傍に落ちているけれど、稽古でもつけてもらっていたの？」

「青龍と決闘してたのよ、お母様」

「青龍殿下と……？」

玉蘭がすぐ後ろにいた少年のことを指差す。

深みのある赤色の髪を、後ろで一つに束ねた大人びた少年が、どこかバツの悪そうな顔をしていた。

この少年こそ、千国の第二王子・青龍殿下である。

「ぎ、玉蘭が勝手に俺に切り掛かって、勝手に負けて転んだのです。俺のせいではありません」

「あ、言ったわね、青龍！　それにまだ負けてないわ！」

「負けだろう。転んだ時点で、お前の負けだ。戦場だったら死んでる」

話を聞くと、青龍殿下と決闘したくて堪らなかった玉蘭が木刀を振り回していたところ、青龍殿下にいなされて転んだ、ということらしい。

うん、想像がつく。それは玉蘭が悪いし、自業自得だ。

青龍殿下は玉蘭と同い歳だが、顔立ちは男前で、年齢よりずっと年上に見えるし、体格にも恵まれていて背も高い。

透李さん曰く、青龍殿下はびっくりするくらい青火陛下の少年の頃にそっくり、ということだった。

玉蘭と青龍殿下は従兄弟同士であり、遊び仲間兼、ライバルといったところだ。

年頃だからか、最近は玉蘭の青龍様へのライバル心がやたらと強く、こうやって訓練場にて、木刀の決闘を申し込むことがある。

しかし青龍様の武術の腕は玉蘭よりずっと優れていて、いつも軽くあしらわれて終わるのだった。

そして玉蘭は激しく悔しい思いをして、それを糧にまた剣の修業を頑張る、というお決まりのパターンなのである。

「すみません、千歳妃。私の監督不行き届きで、姫にお怪我をさせてしまいました。何なりと処罰を」

私に謝罪したのは、美形で体格のいい女武人である。

「何を言うのですか、花南さんのせいではありません。これはもう、完全に玉蘭の自業自得というか、玉蘭のお転婆が過ぎるのです。青龍殿下もお気になさらず。この子ときたら、怪我をしても仙薬ですぐに治ってしまうと思って」

「だってそうでしょー、お母様のお薬があったら、こんな擦り傷、瞬く間に治ってしまうもの！」

「またあなたはそんなことを言って！　いつか取り返しのつかない大怪我をするんじゃないかと、お母様は心配です」

「そしたら零先生に治してもらうものー」

「………………」

ああ言えば、こう言う。

確かに零先生の高度な仙薬であれば、ある程度の怪我が治ってしまうため、これを否定することもできない。

「いやはや、玉蘭姫の怪我をも厭わぬ闘争心には驚かされます。青龍殿下に木刀で切り掛かった時は、私も肝を冷やされました。おしとやかに、とは申しませんので、もう少し心を落ち着かせて、相手としっかり向き合って戦わねば、剣の腕も上達致しませんよ」

「花南まで、そんなことをいうのね」

「大事なことですので。相手への敬意も忘れてはいけません」

花南さんは、地面に座って私に軟膏を塗られている玉蘭と視線を合わせ、玉蘭の剣の稽古の師匠としてそのように諭す。

花南さんは、私が千国に来たばかりの頃に出会った女性の武人だ。元々は呉服屋の娘だったのだが、母親の反対を押し切って、当時は珍しかった女性の武人となったのだった。

私にとっても良き友人で、王宮内で、誰より信頼している。そのため、剣の稽古に関しては、玉蘭のことを彼女に任せてしまっているのだ。

今や立派な部隊長であり、大勢の部下を任される豪傑でもある。

国王や将軍の信頼も厚く、部下にも慕われている。そういう姿を見ているから、玉蘭も花南さんの話はちゃんと聞くし、彼女のことは大好きなのだった。

「ふっ。花南の言う通りだ。玉蘭は一度、精神統一の訓練をした方がいい。今のままじゃ、いくら剣を振り回しても、俺には一生勝てないぞ」

「ああっ、言ったわね青龍！　その余裕っぷりがあたしを焦らせるのよ。でもね、もうすぐ勝ちますから！　あなたなんかけちょんけちょんですから！」

「ほら、すっかり気持ちが荒れ狂っている」

「何ですってーっ！」

青龍殿下に煽られて、玉蘭は絵に描いたようにムキーッと怒った。膝の傷の手当てをしようとしているのに、闘志を剥き出しにして青龍殿下を追いかける。

青龍殿下はニッと笑みを浮かべて、そんな玉蘭を翻弄するかのように、軽々と彼女の攻撃をかわして逃げるのだった。

「……はあ」

私は呆れてため息をついた。

青龍殿下の指摘の通り、落ち着くということを知らない。

「まったく。玉蘭が静かでいるのは、本を読んでいる時くらいだわ」

「私が言うのも何ですが、本当に、姫君らしくない姫君です」

私は先が思いやられるような気持ちだったし、花南さんも遠い目をしている。

玉蘭は、本を読んでいる時だけは、気持ちが一点に集中していて、顔つきも凛として見える。それが剣の稽古の時にも、できたらいいのにね……

それとも、これは青龍殿下へのライバル心と、置いて行かれるような焦りの気持ちから来るのだろうか？

青龍殿下は、この歳で大人顔負けの剣の腕前というから。

だけど恵まれた体格を持つ青龍殿下と、同年代の女の子と比べても小柄な玉蘭とでは、対等に渡り合うのはなかなか難しい……。

そもそも、玉蘭はどうしてこれほど青龍殿下をライバル視しているのだろうか。

従兄弟たちの中で、唯一同い歳というのもあるだろうが、飄々としている青龍王子と、明るく潑剌とした玉蘭が水と油のようで、反発し合うというのもあるだろう。

とはいえ、二人は妙なところで波長が合い、こう見えてとても仲良しなのだ。

「何事だ、騒々しいな」

そんな時、白い羽織が翻るのを目の端でとらえた。

同時に懐かしい薬草の香りが鼻を掠め、ハッとする。

この香りに、いつも何度でも、私は安心させられるのだった。

「先生……」

そう。千国唯一の仙人、零先生だ。

この場に現れた零先生は、私たちを呆れ果てたような目をして見ていた。

先生の後ろには、すっかり大人になり助手となった蓮蓮と、新しい弟子のアレンという少年が、大きな背負子を背負って控えている。

「零先生！」

「零師！」

玉蘭と青龍王子が零先生に気がつくと、同時にその名を呼び、ワッと笑顔になって彼に駆け寄った。

千国の王族には、零先生による薬学の最低限の知識を学ぶ授業のようなものがあるし、病気になったら零先生に見てもらうことがある。要するに、幼い頃から随分とお世話になっているのだった。

何より、玉蘭と青龍にとって零先生は名づけ親でもある。

二人は零先生のことをとても尊敬しているのだった。

玉蘭なんて怪我の手当てをしている途中だったのに、そのことすら忘れて、飛び跳ねるようにして熱烈に抱きつく始末。零先生はされるがまま。

「零先生、ここ最近ちっとも王宮に来てくれないから、あたしすっかり待ちくたびれたわ！先生に聞いてもらいたい話がたくさんあったのに！」

「こら、玉蘭！　零師に失礼なことをするな！」

青龍王子が怒って、零先生にへばりつく玉蘭を引き剝がそうとしている。

玉蘭は幼い頃から、零先生が大好きだ。これはもう、私の遺伝子がしっかり伝わっているとしか思えないほどに。

零先生は見た目こそ若くて素敵だけれど、中身は相当なおじいさんで、体もかなり弱々しく、腰痛持ちで風邪をひきやすい。すぐにバテる。

元気一杯の玉蘭のテンションについていくのは、大変そうだ……

「こんにちは、先生」

姫と王子が零先生にご挨拶をし終えたタイミングで、私も零先生に声をかけた。

私だって、零先生とは久々に会う。子どもたちばかりが嬉しいのではない。

「千歳か……。このひっつき虫たちをどうにかしろ。俺にはもう、威勢のいい子どもの相手をするほどの体力はない。特にこのじゃじゃ馬娘の相手は大変だ」

「ふふふ。まあそう言わずに。玉蘭も零先生に会えるのを楽しみにしていたのです。ところで王宮には何の御用でいらしたのですか？」

零先生はチラリとこちらを見て、小さくため息をつく。

「青火に呼びつけられたのだ。きっと厄介な用件に違いない。全くあの男、最近はすっかり国王の威厳がついて、この老体をこき使う」

「ふふっ、陛下は先生を、信頼なさっているのですよ」

「そんな生易しい男ではあるまい。くたばる前に使い倒してやろうという算段なのだろう。昨日から妙な悪寒がするのだ」

確かに零先生の顔色があまりよくない。もともと、零先生の血色がよいところはあまり見たことがないけれど……

「くたばるなんて縁起の悪いことを言わないでください。ここ最近寒くなってまいりましたし。風邪をひいてしまったら、零先生、治るまでが長いのですから。しっかり温かくしておかないといけませんよ」

「ええい、ジジイ扱いするな。そもそも、そういう悪寒ではない！　嫌な予感がするという意味だ。この安本丹（あんぽんたん）め」

先生ってば、自分では自分のことをジジイだのもう引退するだの言うくせに、他人に老人扱いされると怒るのだから。

でも、久々に先生の安本丹を頂き、私も何だか気分がいい。

私もいい歳になったものだが、それでも零先生の前では、子どものような気持ちになって、少しは叱って欲しくなる。

大人になると、自分を叱ってくれる存在というのが、徐々に徐々に、いなくなっていくから。妃になってからは、特にそれを感じる。

「先生ー、早く行かないと、また陛下に嫌味を言われるよー。いよいよボケて、道でも忘れたのかって」

「ああ、わかっている。直行してやる」

蓮蓮が呼ぶので、先生はへばりつく玉蘭を引き離して、助手と弟子を引き連れ、陛下の待つ宮殿へと向かった。

その足取りが重そうで、私は少し心配になった。

零先生の予感は当たる。それに、先生の背中がどこか物憂げに見えるのだ。

「………」

零先生。

去年、蝶姫様がお亡くなりになってからだろうか。何となくだが、元気がない。

もともとしかめっ面で、元気からは程遠い生活をしていたが、そういうことではない。

それまでの覇気がないというか、出会った頃のような歯切れのよさがないというか……

そう、気落ちしたままでいらっしゃる気がする。

当然、そんなものを表に出す人ではないけれど、私にはわかるのだ。

それまでの先生は、蝶姫様の病を克服する薬を開発することを、薬師として一つの目標としていた。きっとそれは、異界からやってきた私と出会う前から。

零先生は蝶姫様の主治医であったため、その命をいつか必ず救ってやると、彼女にも自分にも言い聞かせていたのだろう。

しかし、その約束を果たすことができなかった。

生まれた時から成長を見守っていた蝶姫様を失い、薬師としての目的すらなくなってしまい、先生は何をどう感じたのだろうか。

先生でも絶望をしたり、希望を失うことはあるのだろうか。

先生は凄い薬師だが、全ての命を救えるわけではない。

私とは比べものにならないほど、多くの人を救ってきた人だ。しかしそれでも、救いきれなかった命というものが、数えきれないほどあるのだ。

きっとそれに、慣れなどないのだろう。

蝶姫様の死を受け入れて、それを一つの区切りとし、最近は緩やかに、だけど確かに、先生は老いを受け入れている気がするのだ。

まるで、もう自分の役目は、この国にはないとでも言うように。

……そんなことはない。絶対にない。

まだまだ零先生のお力が、私たちには必要です。

ただ、私がこんなことを悩み、考える暇もなく、世界は零先生の力を必要とする方向へと、静かに動き始めているのだった。

玉蘭は青龍殿下と共に、大好きな零先生について宮殿へと向かった。

きっと、零先生の陛下への謁見が終わった後、玉蘭たちのおしゃべりに付き合わされるのだろうな。零先生、何だかんだと言って、あの子たちに甘いから。私も後で、玉蘭を迎えに行くついでに、零先生を夕食にでも誘おう。

というわけで、私はそのまま薬園楼閣へと向かった。夕食に使う香草と、いくつか補充しておきたい薬草があったのだった。

薬園楼閣——

ガラス張りの温室のような場所で、水晶が集める日光の調節が可能だ。そのため、ここでは繊細な管理が必要な様々な薬草が育てられている。

中でも青い焔草は特別だ。通称、青焔という。

焔草という光を灯す植物の、とても珍しい青色のもので、今や青火国王陛下の権威を象徴する花でもある。王宮から千華街、はたまた港町まで続く街道を、青い光で日々照らしているという。

千国はここ十年で飛躍的に青焔の栽培技術を向上させた。

とはいえ、まだまだ未知の植物であり、薬草としても様々な可能性を秘めている。

ここ薬園楼閣で育てられている青焔は、千国の各地で育てられている青焔の親株に当たる。

そしてここは青焔研究の最前線だ。

今日も今日とて、青焔は青い光をポツポツとその花から灯し、この場に神秘的な空間と、清浄な空気を生み出している。異国の要人が、この場所の視察に来ることがあるのだが、あまりの美しさに、いつも息をすることすら忘れて、見とれてしまう。

中央にある小高いステージに、場違いのようにひっそりと置かれているグランドピアノがある。

実はこのピアノの音色こそが、青焔の品質を高め、成長を促すのに欠かせない〝栄養〟だったりする。

しかし今年は、そのピアノの音色をもってしても、青焔の光の力が弱く、例年に比べたら不思議なほど不作だという。

「青焔の様子はどうですか？　緋澄(ひずみ)さん」

ちょうど黒髪の薬師が、片手に帳簿を持ち、青焔の成長の記録をつけながら、その様子を確認して回っていた。

私が声をかけると、彼は顔を上げ、妖しく光る赤い目を細める。

「やあ、千歳妃。お日柄もよく」

彼の名は緋澄さんという。

緋澄さんはもともと零先生の弟子で、私の兄弟子に当たる人だったが、いまやこの王宮の宮廷薬師長となっていた。

「青焔の不調の原因は、少し前に変えた肥料だったよ。やはり異国の物質が混じっているとダメだね。全て千国のものじゃないと」

「そうだったのですか……。異国で評判がよいからといって、千国の品質以上とは限りませんからね」

「そうそう。その通り。まあでも、不作の原因が肥料だけならいいのだけれど、ね」

「どういうことですか？」

私が首を傾(かし)げると、緋澄さんは皮肉っぽく笑う。

「昔から、千国では言うじゃない。焔草の灯火が弱まるのは、不吉なことが起きる前触れだって」

「…………」

そうだっけ？

と思ったけれど、そう言えば、千華街に住むおばあさんが、そんな話をしてくれた気がする。もう随分と昔のことだが。

「とはいえ、気まぐれで繊細な青焔のことだ。ただただ眠たいのかもしれないし、光ることをサボっているだけかもしれない。最近は、千歳妃の奏でるピアノの音も聞いていないからね」

そして緋澄さんは中央のステージにあるグランドピアノに手を差し向け、調子よくニコッと笑う。

「というわけで、このやる気のない青焔たちに、君のピアノの演奏を聞かせてやってくれ。それだけで青焔は、随分と元気になるのでね」

「まあ、いいです、けど」

「何で渋々？　千歳妃だってピアノを弾きたいだろう？」

「…………」

緋澄さんに促されると、何か裏があるのではないかと、勘ぐってしまう。

しかしこの人も、随分と丸くなった。

昔はもっと毒気の強い人だったが、ここ最近はその毒気も少々抜かれて穏やかさもある。ただ単に歳を重ね、ギラギラしたものがなくなっただけなのかもしれない。とはいえ相変わらず食えない人ではあるのだけれど……

毒を専門とした薬師だが、彼がいるおかげで、この十二年間、千国王宮では毒による死者がいない。毒を知り尽くす薬師だからこそ、その対処も的確なのだ。

そして、彼は私に対し唯一と言っていいほど、妃扱いしない宮廷の役人である。

もともと兄弟子だった、というのもあるけれど、この人は透李さんに対してもこんな感じなので、透李さんや私のことを、同じ零先生に育てられた弟や妹のように思っているのかもしれない。

私も、こういう人がいてくれるおかげで、色々としんどいこともある王宮でも、妃業などをやっていられるのだ。


青焔たちのお気に入りである、「幻想即興曲」を弾き終わる。

青焔たちの灯火は、元気よく舞い私に話しかけていたが、それでも確かに、光がいつもより弱々しく感じられた。

どうして？　と心の中で尋ねると、今はそういう時期なんだと答えた。

力を蓄えるため、休憩しておく時期なんだと。

植物にも休養が必要ということだろうか……？

緋澄さんだけが、パチパチと私の演奏に対し拍手をしてくれた。

「あの……ところで、緋澄さん。今、零先生が王宮に来ているのですが」

「ああ、知っているよ」

「陛下は零先生を何の用事で呼びつけたのでしょう。何か、先生の薬が入り用なのでしょうか。どこか具合が悪いとか」

「………」

緋澄さんは僅かに目を細める。何か思い当たることがあるような表情だった。

何だろう。妙な胸騒ぎがしてくる。

「いや、青火陛下は、あの激務でも驚くくらい元気だよ。というか、零先生を呼んだほうがいいと陛下に進言したのが俺なんだよね。事態が事態だから」

「え……？」

「実はね……西の方で、妙な伝染病が蔓延(まんえん)してるって噂なんだ」

私はジワリと、目を見開く。

「昨日、この国に届いた知らせだ。まだほとんどの者が知らない。西方では国境や港を封鎖して、その伝染病を広げないようにしているらしいけれど、千国だっていつその病に脅かされるかしれない。もしもの時のために、零先生に相談しているんだ」

秘め事のように、小さな声で、緋澄さんは私に教えてくれた。

その話が、噂話程度でも王宮内に広まっていくのは、約ひと月後のこと。

緋澄さんの話は、本当だった。

西国では、のちに黒雲病と名づけられる大規模な伝染病が蔓延し、多くの犠牲者が出ることとなる。

ただ、千国は島国であった特性と、西方からいち早く情報を得たこと、零先生の提案した対策が功を奏し、致命的な感染爆発が起きることはなかった。

だが、この伝染病がきっかけで、西のエン帝国と大エグレス連合王国が衝突。

これがのちに世界を巻き込む大戦のきっかけとなってしまうのだが……

しかしそれは、また別のお話。

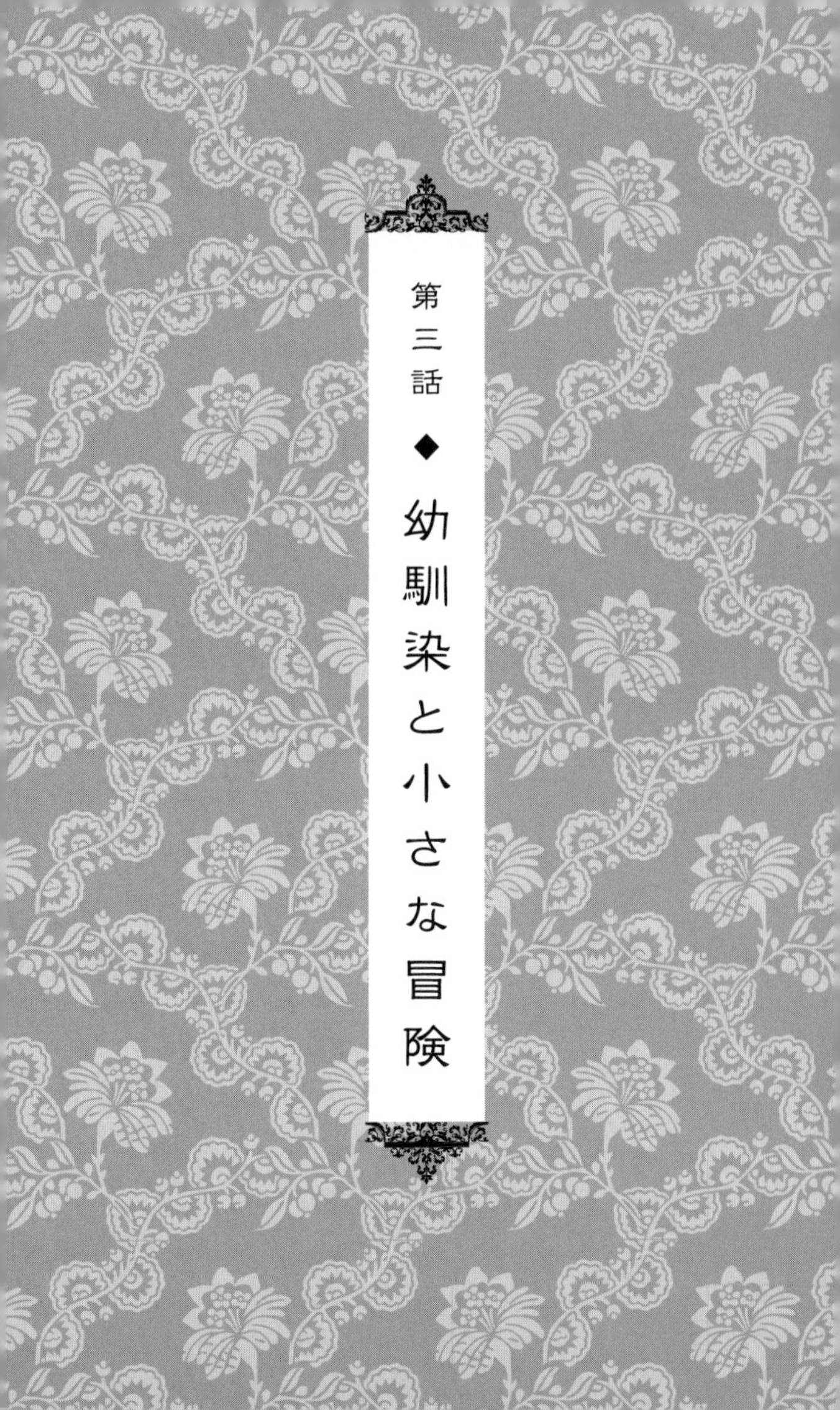

第三話 ◆ 幼馴染と小さな冒険

あたしの名前は、千玉蘭。十二歳。

母は異界人で、薬師でもある。

父はこの千国の王弟であり、武人たちを束ねる将軍だ。


あたしには物心ついた時から、なぜか風の色が見える。

風は空を駆け、遠い海を越え、はるか遠くにある国々から、たくさんの色をあたしの元へ運ぶのだ。

そしていつも、風に誘われて、あたしは世界に思いを馳せる。世界のことを、もっと知りたくなる。

千国が嫌いなわけじゃない。千国は素敵な国で、自慢の祖国だ。

だけど、色んな世界の風たちが、あたしの手を引いて外に連れて行こうとするのを、あたしはいつも感じ取っていた。

きっと、この国じゃない別のどこかに、あたしの行くべき場所、やるべきことが待っている。そんな気がするのだ。

幼い頃は、それがお母様のもといたという、異界なのではないかと思っていた。

異界の本、異界について書かれた本を読めば読むほど、あたしはかの地に憧れを募らせる。

弾けんばかりの、外に飛び出したい衝動を抑え込むため、またたくさんの本を読む。

本を読みたいという情熱だけで、あたしは色んな国の文字や言語を覚えたものだ。興味のあることに関しては、特別物覚えがいいと、お母様にもよく言われる。

この千国王宮の中には、異界の物語を集めた書庫がある。

そして異界の文字や言語を解読した本もある。

王宮に保管されている異界の本は、いくつか原本もあるが、異国より寄贈された写し、もしくは翻訳されたものがほとんどだ。

現国王陛下が異界というものに興味を抱いていることから、それらを収集するようになったらしい。

伯父上とあたしは、そういうところが少し似ている。おかげであたしも、ワクワクする本をたくさん読めるというわけだ。

読んでいてわからないところは、あたしのお母様が異界人であり読書家だったことから、その物語について解説をしてくれる。

あたしは、中でも『銀河鉄道の夜』と『はてしない物語』が大好きだった。

幻想的で独創的な世界観にワクワクし、異界の文化や宗教、思想に触れ、切なくなるラストに胸を打たれた。

お母様も好きだったというのだから、あたしたちはやはり親子である。

この異界の物語は、どちらも共通して、知らない世界を旅する物語だ。


「それでね、青龍。あたしと一緒に王宮を抜け出して、千華街についてきて欲しいの。九歳の時のようにね」

「……は？」

剣の稽古を終えた第二王子の青龍を、離宮の後ろに連れだして、あたしは真摯にお願いをしていた。前のめりになり、まっすぐ、その青黒い瞳を見つめて。

青龍はあたしよりずっと背が高いが、それでもあたしの圧に押されて、少しばかり後ずさる。後ずさりながらも、きっぱりと言った。

「嫌だ。もうお前の面倒ごとに付き合わされるのはたくさんだ」

「どうして⁉　あたし千華街に行きたいのよ！　千華街の風があたしを呼んでるんだから！」

「それでどうして、俺まで玉蘭と一緒に行かなきゃならないんだ？　すでにお前は町娘風の格好をしているようだが、お前の場合、行動ですぐに玉蘭だとバレる。見回り兵に見つかって、連れ戻されるのがオチだ。変装などまるで意味がない」

「え、そう？　でも似合ってるでしょ？」

あたしは両手を広げ、くるりと回ってみせた。

千国の姫の格好ではなく、町娘風の身軽な格好をしていると、あたしの〝何処かへ行きたい衝動〟は、ますます募る。

ただ、青龍は額に手を当てて、大人びた態度でため息をつくのだった。

同じ歳なのに、この大人びた態度が、非常に生意気なのである。

「ゴチャゴチャ言わないでついてきなさいよ。青龍だって、昔は千華街に行きたがっていたじゃない。あの場所には、王宮にない色々なものがあるのよ。王宮に籠ってばかりではいけないわ。民の暮らしを直に見てみなければ、わからないこともあるでしょう？　あたしと一緒に千華街で遊びたくないの？」

「結局遊びたいだけか。もう子どもじゃないんだぞ」

青龍ってば、相変わらず真面目で堅物だ。

九歳の頃、二人で王宮を抜け出して、子どもだけで千華街に行ったことがあるのだが、あの時は二人して見回り兵に捕獲され、陛下の前でこっぴどく叱られた。

青龍はそれがトラウマになっているのだろうか。父上である国王陛下のことを、青龍はとても尊敬しているけれど、同時にとても恐れているから。

あたしは叱られても、全くへこたれないたちだから、青龍のそういうところを分かってやれないなあ……

「ていうか、あたしたちはまだ子どもよ。あなたはすぐに大人ぶるけれど、子どもの時期って貴重なのよ。〝幼なごころ〟を忘れるなかれ、だわ」

「は？」

青龍が、意味不明と言いたげな顔をしている。

さてはこいつ、『はてしない物語』を読んでないな？

青火陛下はあんなにも異界に興味があるのに、青龍はあまり興味がないときた。

しかしあたしも、ピアノが得意なお母様と違って、ピアノが苦手だし、親子といっても趣味や特技が同じとは限らないか。あたしは話を続けた。

「それにね。あたし、見回り兵たちの話を小耳に挟んだの。ここ最近、千華街では妙な窃盗（せっとう）事件が起こっているんですって。それも相次いで。しかも犯人が、なかなか見つからないらしいの」

「……妙な窃盗事件とはなんだ。窃盗事件は窃盗事件だろう。千華街じゃ、珍しいことでも何でもない」

「でもね、目撃情報がとても変なのよ。物凄く素早い黒い影が、金目のものをシュバババッと奪って行くんですって。同時に二ヶ所で、同じような窃盗事件が起こることもあるんですって。ねえ、気にならない？」

青龍はこの話を聞いて、少しは興味ありそうな顔つきになって、顎に手を添えて考えている。しかしすぐあたしの熱烈な視線にハッとして、顔を逸らす。

「気になったところで、それをお前や俺が解決する必要はない。見回り兵に任せておく案件だ」

そのままあたしに背を向けて、青龍はここから立ち去ろうとしたのだが、あたしは彼を逃すまいと、その背中の服をガシッと摑む。

「馬鹿ね青龍！　千華街は千国の繁栄の象徴よ。その平和を乱す不届き者を、あたしたち王族が放っておくなんて、許されると思って？」

「…………」

「一緒に来てくれないのなら、あたし一人でも、行くからね」

青龍は振り返り、複雑かつ渋い顔をしてあたしを見下ろした。

この男は、あたしが頑固なことを知っている。

それに、人一倍正義感が強い。

第二王子という立場もあり、慎重すぎるのが玉に瑕（きず）なのだが、あたしが必死でお願いすると、だいたいは真剣に話を聞いてくれるし、折れてくれる。

　こういう事件が絡んでいるのであれば、あたしが無茶をしたり、厄介ごとを起こしたりしないよう、ついてきてくれるのだった。

「……はあ。分かったよ。お前によって王族の品位を貶（おとし）められるのだけは、ごめんだからな。ちゃんと見張っておかないと」

「おほほ。流石（さすが）はあたしの青龍」

「全くもって、お前のじゃない」

　第二王子・千青龍。

　第一王子の青明（せいめい）お兄様が、何でもサラッと笑顔でこなす天才肌ならば、青龍はまさに努力の人だった。

　あたしは青龍と同じ歳ということで、幼い頃から何をするのも一緒だった。だけど成長するにつれ、青龍には王子としての教育が、あたしには姫としての教育が、その授業や稽古にぎっしり詰め込まれていて、お互いに同じ時間を共有する機会も減っている。今となってはそれこそ、剣の稽古の時くらいだ。

　青龍ってば、小さな頃はあたしよりずっと気が弱く、泣き虫だったのに、どんどん男の子らしく、大人っぽくなってしまって、泣くところなんてずっと見ていない。昔のように、気ままにあたしに接することも、少なくなってきた。

なのでこうやって、強引にでもあたしの無理に付き合わせなければ、あたしたちはすぐ、それぞれのやるべきことに流されて、関わり合いがなくなってしまう。

あたしはそれが、なぜだかとっても嫌だった。妙な焦りがあった。

なので、こうやって事件を見つけては、無茶やわがままを言って青龍を巻き込んでいるのかもしれない。


　千華街は、千国一の大商店街だ。

　小高い山の斜面に作られた街で、山の天辺(てっぺん)にあたしたちの住まう王宮がある。

　低い場所から順番に、番地によって区切られているのが特徴だ。

　高い場所ほど貴族が住まい、真ん中に裕福な商人たちが商売をしながら住んでいて、低い場所には一般人が住んでいる。

　昔は一番地から五番地まであったらしいけれど、今は零番地と呼ばれる場所が麓(ふもと)に広がっていて、そこには貧民街と呼ばれる場所もあったりする。

千国の千華街は、この国の縮図だと、かつてお母様が言っていた。

裕福な者たちが高みで悠々と暮らしつつ、下界では多くの平民が日々を一生懸命暮らしている。低い場所に住む者ほど、貧しい。

それでも千国は、常風国なんかと比べたら貧富の差がそれほど大きいわけではなく、豊かな土地と、商売上手な国民性もあって、貧しい者でも何とか食べていけるという。

ただ、最近は千華街の店を、西国の大きな商会が買い取って新しい商売を始めている例が多く、千華街の様子は様変わりしつつある。

「あ、見て青龍！　ペネチアングラスの食器よ！」

三番地の一角に、西方で有名な商会が出した、ガラス製品のお店がある。

店先にいくつか飾られていて、あたしはそれをまじまじと観察した。

千国の陽光を浴びて、キラキラと輝く美しいガラス製品たち。

この店では、ペネチアングラスと呼ばれる良質なガラスを加工した品が、多く売られているようだった。

ペネチアングラスとは、その名の通り西のペネチーナ共和国を発祥とし、多くの国々で愛され、信用された、巧みな加工を施されたブランドガラス製品のことだ。

確かに美しいガラス製品たちだ。

薄いのが特徴で、その表面に西の文化を思わせる模様や、花や鳥など美しいものの装飾が施されている。

ペネチアングラスの製品は、主に食器だ。

ここにあるような食器は王宮にもいくつかあるけれど、あの美しいガラスの食器で、冷えたお茶を飲んだり、甘い果実や氷菓子をよそって食べたりすると、普段より三割増しで美味しく感じられる。

「キラキラして、とっても綺麗ねえ～。でもやっぱり高価なのだわ～」

一国の姫ではあるが、お金をたくさん持っているわけではないので、千華街にあるものがどれも高価に感じられる。特に異国の品々は高い。

それでも、見ているだけでとても楽しいのだ。

ただ、青龍はそういう西方の品物や商店に対し、物言いたげな顔をしていた。

「のんきだな、玉蘭は。千国に異国の商品が立ち並ぶことで、追いやられた地元の店や、売れなくなった品物が、多々あるというのに」

「……それは、あたしだって知っているわ。千国を長く支えてきた老舗も、いくつか買収されてしまったって」

王宮は、異国の商店の出店に制限をかけているものの、その勢いに呑まれる店は後を絶たないという。

千華街の住人も、新しいものや珍しいものが好きで、特に西方の品物を好む富裕層が増えてきていることから、西方の商品を売る店の需要も高まっているのだった。

「でも、千国は商業の国よ。どれほど異国のものが入ってきても、それすら取り込んで成長するのが、千国の強みだって本で読んだわ。きっと千国らしさを守りながら、逞しく強かに、新しいものを生み出してくれるはずよ。それこそ、西方とも渡り合えるような凄いものをね」

あたしは腰に手を当てて、自分が成したことでもないのに得意げに述べている。

「それに、こちらの商店が西で商売を始めているとも言うじゃない。千華街の品々が、今ごろ西の人々を驚かせ、一大ブームを巻き起こしているに決まっているわ」

青龍は、分かってないなと言いたげな顔をしていた。

「それでも貧富の差は、以前よりずっと広がった。窃盗事件が増えたのも、それが原因だ。治安の悪化は、民の誰もが感じているという」

「青龍。あなたはまるで、以前の千華街を知っているように言うのね」

「零師に聞いたのだ。それに父上もそうおっしゃっていた」

青龍はすぐ、零先生や国王陛下の言うことに影響されるんだから……

確かに、千国は大きく変わってしまったのだろう。

あたしたちは変わる前を知らないから、あまり実感がないのだけれど、時々お母様やお父様も、憂いある言葉で似たようなことをぼやいている。

活気に溢れ、ほのぼのとしていて、気候と同じように温かみのある千国は、少しずつ、だけど確実に、激しい競争の渦を生み出して変わってしまった、と。

「なら、やっぱり窃盗犯をあたしたちで捕まえなくてはね」

「そこに繋げるのか」

「当たり前よ。あたしたちは、そのために来たんだから」

あたしは拳を握りしめ、勢いよく掲げる。

青龍はそんなあたしをチラッと見て「単純なやつ」とぼやいた。

「例の窃盗犯を、この広い千華街の中で、どうやって探すんだか」

「まずは地道に聞き込みよ。これが大事。犯人は現場に戻ってくるって、異界の小説でも散々読んだわ」

「異界の常識が、この国に通用するとは思えないが……」

青龍が何か言っているが、あたしは構わず、王宮から持ってきた観光用の千華街の地図を広げた。

「まずは窃盗事件のあった現場で、餌をチラつかせる作戦よ。例の窃盗犯は金目のものを狙って奪うというから、あたし、髪飾りだけはいいものを着けてきたの」

そして、お団子に纏めた自分の髪に挿された、梅の花の簪を指差す。

格好は町娘風だけれど、ここだけお姫様。

青龍は呆れ顔で「盗られてしまっても知らないぞ」とぼやいたが、そんなつもりは毛頭ない。盗られる前に、取っ捕まえるのだ。

というわけで、あたしたちは、件の窃盗犯がよく現れる界隈を聞き込みで調べ、しばらくその辺りをうろつく作戦に出たのだった。

「それで、どうして買い食いなんてしているんだ、俺たちは」

「仕方ないでしょ。小腹が空いたんだから。それに市場で何も買わずに警戒ばかりしていたら、例の窃盗犯が出てきてくれないかもしれないじゃない」

あたしたちは、片手に焼きたてホカホカのタコ饅頭を持っていた。

タコ饅頭とは、ここ最近千華街の若者の間で流行っている軽めのおやつのこと。

カステラ生地の丸いお饅頭の中に、大粒のタコと刻みネギをたくさん包み込んで焼いたもの。

生地は甘めで、ふわふわで柔らかいけれど、中にはタコがゴロゴロ入っていて食べ応えがある。マヨネーズっていう西から伝わってきた酸味のある卵のソースもたっぷり包み込まれている。

このソースがこってりまったりしていて、クセになるほど美味しいのだった。

「あ、青龍！　トマト飴（あめ）が売ってる！　あれも買って！」

「お、お前……っ、俺に金を出させるためだけに連れてきたんじゃないだろうな」

「王宮に帰ったら、ちゃんと返すから」

あたしは財布を持って来たはずだったのだけれど、中身がカラだったせいで、青龍にお金を出してもらっている。

青龍はぶちぶち文句を言いつつも、一緒に買い食いをしてくれるのだった。きっと青龍もお腹が空いていたのね。

千華街では果実の飴を売っている屋台が、とても多い。

千国ならではの、色とりどりの果実を串に刺して、蜂蜜飴を纏わせ固めているものだ。常温のものと、半分凍らせた冷たいものがある。

ぶどう、いちご、ドラゴンフルーツ、芒果（マンゴー）など種類は色々とあるが、中でもトマト飴と呼ばれるものが一番人気。あたしも大好き。

小さくて酸っぱいトマトに蜂蜜飴が絡んで、ほどよい甘さになる。噛んだ時のプチッとした食感も好き。

でも青龍はトマト飴があんまり好きじゃないみたい。

というか、子どもの時からトマトが嫌いだ。

代わりに揚げバナナを買って頬張っていた。これは、熟したバナナを春巻きの皮で包んで揚げたものだ。

「いーなー。揚げバナナも美味しそう……」

「お前は本当に、食い意地が張っているな」

と言いつつ、揚げバナナを半分よこしてくれる青龍。

「流石はあたしの青龍。ありがとう！」

「だからお前のじゃない」

ああ、熱々のバナナって甘みが強くて、ねっとりしていて大好きだ。冷たいトマト飴と揚げバナナを交互に食べるなんて、至福の時間……

と、あたしたちが普段食べないものに興奮し、買い食いを楽しんでいた、その時だった。

「きゃあっ、ドロボーっ！」

どこからか甲高い悲鳴が聞こえた。

あたしと青龍は顔を見合わせ、急いでその悲鳴の聞こえた方に向かう。

すると、ふくよかなご婦人が自分の手を掲げ、何かを訴えていた。

「大事な腕輪を盗まれたわ！　誰か、誰か見回り兵を呼んでちょうだい！」

「いったいどんな奴が盗んでいったんだい？」

側(そば)にいたおじさんが、そのご婦人に聞いていた。

「それが一瞬で、何もわからなかったのよ。黒い影だけが見えたわ！　でもそんなことはどうでもいいの！　あれは西方の宝石をあしらった特別な腕輪で～」

ご婦人に怪我(けが)はないようだが、随分と気が動転していた。

高価な腕輪を盗まれたようなので、無理もない。

持っていた揚げバナナを急いで口に入れ、あたしは眉をつり上げる。

「ほら見なさい、ビンゴよ」

「……本当だったのか」

青龍はあたしの話をあまり信じていなかった模様。

きっとこれは、あたしたちの追っている噂(うわさ)の窃盗事件と同じ犯人に違いない。

事前に聞いていた証言と、腕輪を盗まれたご婦人の証言がとても似ているからだ。

「犯人はまだ近くにいると思うの。急いで探すわよ！」

「あ、おい、玉蘭！」

早速、近くの細い路地に向かう。

犯人はこういうところから逃げるのだと、あたしの勘が言っている。

しかし、

「わっ！」

路地裏に入ったところで巨大な何かにぶつかって、そのまま後ろに尻餅（しりもち）をついた。

「いってててて……」

顔を上げると、ムキムキの巨体の男が私を睨（にら）み下ろしている。

頭がつるんと綺麗にハゲていて、お腹がぽっこり出ている。なるほど、華奢（きゃしゃ）なあたしはこのお腹にはね飛ばされて、後ろに尻餅をついてしまったってわけね。

「何だこのクソガキ」

「兄貴にぶつかっといて、ごめんなさいも言えないのか」

「ていうか、兄貴の腹にガンつけてますぜ」

巨体の両脇に、目のつり上がった子分のような者たちがいた。

ここは千華街の三番地で、もっとも賑（にぎ）わった繁華街であるが、路地に入るとこういったゴロツキも多いと聞く。

「しかしこのガキ、随分といい髪飾りをつけてやがる。金持ちの娘と見た」

お腹のぽっこりした兄貴分は、あたしの髪に挿さった梅の簪に気がついて、ニヤニヤしながらそれを抜き取った。

「あっ、ちょっと！　返しなさいよ！」

髪がバサッと落ちる。しかしそんなことに構わず、あたしは簪を奪い返そうと手を伸ばすが、背が低すぎて全く届かない。

ゴロツキの兄貴分は、片目をすがめて意地悪な笑みを浮かべていた。

「ぶつかった慰謝料ってやつだ。この髪飾りをくれたら見逃してやってもいい。ダメだって言うなら母ちゃんと父ちゃん呼んできな」

「な、何言ってんの！　あたしのお母様とお父様を呼んじゃったら、あんたたちなんてイチコロなのよ！　命知らずなバカなことは言わない方が身のためよ！　あとそれ、早く返しなさい！」

「あっははははは。こりゃ随分と威勢のよい、お金持ちのお嬢さんのようだ」

ゴロツキたちが額を叩（たた）いて笑っている。

その隙にあたしが手を伸ばすも、ひょいと梅の簪を遠ざけられてしまった。

あたしはすっかり遊ばれている。くっそーっ！

「無礼者！　この者を誰と心得る」

いつの間にか青龍があたしの後ろに立っていて、腰の剣を抜いてゴロツキの兄貴分に切っ先を突きつけていた。

「ひっ」

子どもっぽいあたしと違って、青龍は大人とそう体格が変わらない。鋭い刃(やいば)の煌(きら)めきに、ゴロツキたちも一瞬で怯(ひる)むのだ。

さすがは国王陛下の息子。目つきが悪い分、睨みつけると凄みがあるしね。

とはいえ、大きな騒ぎになったらそれはそれで、困る。

「ダメよ青龍！　あたしたちはあくまでお忍びなんだから！」

「だが、しかし……っ」

「あんたたち、さっさと逃げた方が身のためよ！　そして簪は置いて行ったほうがいいわ、うっかり死罪になっちゃうから。ほら、行った行った！」

「え、は？　死罪？」

あたしはゴロツキたちの味方をして、彼らをここから逃がそうとした。

このままだと青龍が、本当に切っちゃうかもしれないしね。

「ったく。ちょっとからかっただけじゃねーか」

ゴロツキたちはゴニョゴニョ言いながらも、あたしの言葉や、青龍の視線からただならぬ危機を感じたのか、簪を差し出す。ほらよ、と言いながら。

「素直なのはよいことよ。なかなかに愛いやつ」

あたしは上機嫌で、それを受け取ろうとした——その時だった。

ビュッと、影のようなものがあたしたちの間に舞い降りたかと思ったら、差し出された梅の簪がいつの間にか消えていた。

すぐに頭上を見る。すると黒い影が翼を広げて、悠々と青空の下を飛んでいた。

あれは……カラス？

いやまさか、まさか……っ、カラスが犯人ってことはないわよね⁉

「うっ、うわあ！」

「出たー」

何をそんなに恐れているのか分からないが、ゴロツキたちはあの黒いカラスを見て、青い顔をして逃げていった。

どういうことかしら。

「おい玉蘭、大丈夫か」

青龍が、あたしの手をやたらと心配そうに確かめていた。

というのも、あたしは手からポタポタと血を流していたのだ。

今の一瞬、簪が奪われた時、尖った先端がシュッと手を掠めたのよね。あんまり痛くはないのだけれど、真っ赤な鮮血がポタポタ零れる。

「大丈夫よ。それよりこれじゃミイラ取りがミイラ、だわ！」

「は？　ミイラ？　お前、そんなことより傷の手当てを」

「カラスのような鳥が飛んで行ったのだけれど、まさか本当にカラスが犯人？　そんなベタなオチってあり？」

「だからお前、手の血をーっ！」

青龍は犯人より、あたしの手からポタポタ零れる血が気になっているらしく、目をつり上げてオロオロしている。

訓練中の怪我はあまり気にしてくれないのに、こういう時は気になるのね。すぐに手当てしてくれる人がいないからかしら？

と、そんな時だった。

「お前たち、こんなところでいったい何をしている」

馴染みのある声がして、あたしたちは振り返る。路地の入り口あたりに、よく知る人物が佇んでいたのだった。

「零先生⁉」

「零師！」

あたしと青龍は、同時にその人の名を叫んだ。

零先生は誰かの診療を終えた後だったのか、薬箱を片手に持っていて、いつもの如く眉の間にしわを寄せている。

そしてすぐに、あたしの手の怪我に気がつく。流石に目ざとい。

「玉蘭、その手はどうした」

「先生～～」

あたしはというと、血まみれの手で零先生に抱きつこうとしたのだが、零先生に頭を押さえつけられて、突進を止められた。

「この安本丹め！　何がどうして、流血沙汰の怪我を負っていると聞いているんだ。そもそも王族の身でありながら、千華街のこんな場所をうろつくなんて軽率甚だしい！　最近の千華街は、以前にも増して物騒だというのに」

零先生の怒声が狭い路地裏で響き渡る。

彼は同時進行で、あたしの手に素早く包帯を巻いていた。流石はお母様のお師匠様。仕事が早い。

先生は次に、あたしの後ろにいた青龍をギロッと睨んだ。

「青龍！　お前がいながら、どういうことだ。簡潔に説明しろ」

「も、申し訳ありません、零師。実はかくかくしかじかで」

青龍はすぐに袖を揃えて頭を下げ、状況を説明した。

零先生は話を聞く中で、また呆れたりため息をついたり、目眩がしてくると言いたげな素振りをしていた。

「違うの、先生！　青龍のことはあたしが無理やり連れてきたのよ！　かなり無理を言ったの。青龍は嫌がっていたのだけど、あたしのことが心配でついて来てくれただけなのよ。お金も忘れちゃったから、買い食いのお金も青龍に出させたわ。ごめんなさい先生、全部あたしが悪いのよ。叱るのはあたしだけにして！」

「ええい、そんなことは最初からわかっている！　青龍一人であったなら、こんなことにはなってない。全部お前が悪い」

「うっ！」

先生は何もかもお見通しだ。その上で、青龍のことも軽率だったと叱っているのだ。

あたしが目をウルウルさせて何度か謝ると、零先生はまた長いため息をつく。もっとガミガミ叱りたいのを我慢しているようでもある。

お母様曰(いわ)く、零先生はあたしたちには、少々甘いということだった。

可愛(かわい)い可愛い、孫のように思っているのだろう、と……

いやいや、そんなことないと思います。

普通にあたしたちにも厳しいと思います。

「……まあいい。ここでは何だし、うちに来るといい。しっかり治療をしてやる」

そうして零先生は、あたしたちを自らの薬園(やくえん)へと招いたのだった。

様々な薬草が育てられ、千華街の喧騒が嘘(うそ)のように静かなその場所には、ポツンと一軒の家がある。零先生の住居だ。

そこは、以前も何度か来たことのある、お母様とお父様の実家、もとい学び舎(や)であった。

宮廷薬師長の緋澄(ひずみ)も、かつてここに住んでいて、零先生から薬師のアレコレを学んでいたんですって。

「あー。ぎょくらんだー」

「おうじさまもいるよう」

「珍しいね、珍しいね」

「ていうか血が出ているよう」

「痛いの？　痛いの？」

「いいお天気だから、はしゃぎすぎちゃったの⁇」

額に石の生えた白いもふもふ、もとい、豆狛という愛らしい生き物が、庭先で鞠を追いかけて遊んでいた。

あたしたちに気がつくと、すぐ足元までやってきて、その白いもふもふの尻尾を全力で振りながら、落ち着きのない様子で何かと語りかけてくる。おしゃべりが好きな子犬たちなのだ。

「あれ。玉蘭姫に青龍王子、いらっしゃいませ」

豆狛の相手をしていたのは、金髪の、西方出身の顔立ちをした少年だった。

零先生のお下がりと思われる長い白衣を着ていて、律儀に袖を合わせて頭を下げる。

「アレン、久しぶり！」

「姫様、お怪我をなさっているのですか⁉」

「アレン、こいつのことはいいから、仙華ノ紫雲膏を用意しろ」

「あ、はい、お師匠様」

金髪の少年の名前は、アレン。零先生のお弟子さんだ。

ふんわりした雰囲気の、あたしや青龍より一つ年上の男の子。

この国ではあたしや青龍が王族なわけだけど、アレンの方がよほど物語に出てくる王子様のようだと、いつも思う。

実際のところ、彼は西方の国の貴族の出身だ。

二年前、この国に父親と共にやってきたのだが、その父親が事故により亡くなった。

祖国に帰ることもできたのだが、父親を最後まで見捨てずに看てくれた零先生の姿に感銘を受け、弟子入りしたいと懇願したのだ。

零先生は弟子を取ることに積極的ではなく、最初こそ渋っていたのだが、アレンの熱意を最終的に受け入れたのだった。

というのも、アレンはとても頭がよく、西方の情勢や医学にも詳しい。

今後この国にとって必要な人材に育つだろう、と。

「アレン、あなたまた背が伸びたんじゃない？　なんか会うたびに背が伸びている気がするわ」

あたしは手を伸ばして、アレンの背丈を確かめていた。

「い、嫌だな姫様。僕だって背くらい伸びます。成長期ですし、男ですから」

傷薬を持って来たアレンが、困り顔で笑う。

「ふっ。アレンはお前に女子と間違われた日から、牛乳を毎日飲んでいるのだ」

「え？　そうなの？」

「お師匠様！　恥ずかしいことを暴露しないでください……っ」

アレンは慌てていたけれど、零先生はしれっとしている。

青龍が密かに台所を覗（のぞ）いていて、あたしも彼に続いて台所を覗いたが、そこには確かに、牛乳の空き瓶がたくさん並んでいたのだった。


一枚板の広い机の上には、竜胆（りんどう）の花が飾られていた。

それに気を取られながら、あたしは怪我をした手の手当てを、アレンにしてもらっていた。

「いっ」

「少し染みますか？　申し訳ありません、姫様」

一瞬、軟膏が傷に染みてピリッときた。

「問題ないだろう。こいつ、王宮でも怪我ばかりしているんだから。薬は塗り慣れているはずだ」

「そうなのですか⁉」

「それは擦り傷ばかりだもの。こういうシュッて切った傷が一番痛いんだから。あっ、またピリッてきた！」

「ああっ、すみません姫様、染みましたか？」

手当ての様子を上から覗き込む青龍と、あたしが少しでも痛がると心配そうにする優しいアレンが、対照的だ。

零先生はどこへ行ったのかというと、アレンにあたしの手の手当てを任せて、薬草の仙茶を淹れてくれている。

「わ、いい香り。茉莉龍珠茶ね。ジャスミン茶に、薔薇の花と蓮の実が入ってる」

「お前には落ち着きが必要だろうからな。鎮静効果のあるお茶だ」

零先生にしては、洒落たお茶を出してくれたものだ。

これは色づいた薔薇の花びらがジャスミン茶に浮かぶ、香りも見た目も素敵なお茶。仙術を使って、よりお茶の効能を引き出しているのでしょうね。

あたしはお母様の影響で、こういう薬膳のお茶が大好きなのだけれど、青龍は香りの強いお茶があまり得意ではないみたい。眉をぎゅっと寄せた表情のまま、嫌とも言えずにチビチビ飲んでいた。

零先生は、ついでに患者からの貰い物だという紅豆餅を温め直して出してくれた。

これは餡この入った丸いお饅頭。もちもちした皮を割ると、ホクホク温かい餡こが詰まっている。お母様は、あちらの世界の今川焼きに似ていると言っていたっけ。

美味しい〜。

「そういえば、蓮蓮を見ないわね。いつもとっても声が大きくて、いたらすぐに分かるのに。もしかして、今日はいないの？」

キョロキョロと室内を見渡す。

零先生の助手である蓮蓮の姿がここにはなかった。

「あいつは遠くの患者に薬を届けるため、桃霞と共に街を出ている。ついでに港町で買い物を頼んでいるから、明日まで戻らない」

「そうなんだ。桃霞は蓮蓮のお弟子さんなのよね。あたし、まだあんまり話したことがないから、話してみたかったのに」

「桃霞は静かな場所を好む大人しい娘だ。お前みたいな落ち着きのないおしゃべり娘の相手をさせるのはかわいそうだ」

「何よそれー」

桃霞というのは、蓮蓮のお弟子さんの、眼鏡をかけた女の子。歳は私より三つ上。

正妃様の女学校に通っていたところを、蓮蓮に見込まれて彼女の弟子となった。

千華街に住んでいるので、零先生のこの家にはアレンのような住み込みではなく、毎日通っているらしい。

そういえば、零先生の助手の蓮蓮も、正妃様の導きで女学校に通っていたところを、お母様に見つけられ、薬師の道を歩むことになったと聞いた。

今や蓮蓮は、千国でも指折りの薬師だ。

既に独り立ちして店を構えたり、宮廷薬師として働いたりしてもいいのだろうけれど、今もまだ零先生のもとで先生の助手をしている。まだまだ零先生には自分が必要だろうと言って。

多分、アレンが成長するまでは、零先生のもとを離れるつもりはないのでしょうね。

それに、蓮蓮は数ある縁談話を蹴って、バリバリ働いている。花南（かなん）もそうだけれど、そういう選択をする女性も、ここ数年で増えてきたという。

ちょっと前までは、千華街の女性は宝物のように扱われ、若いうちにできるだけよい条件の家に嫁ぐことが、何より素晴らしいことなのだと考えられていた。嫁に行くだけで、娘の実家は莫大な結納金を貰えたからだ。

しかしここ十年で、学校に通う女性や、結婚せずに働く女性も増えてきたらしい。

千国のあり方が少しずつ変わってきているのだとか……

「それにしても、お前たち。王宮を抜け出して千華街で遊ぶのは、王に禁じられているのではなかったか？」

ギクッ。

「千国は平和な方だが、最近は少々物騒になってきたし、王族だとバレてしまえば、何があるか分からないからな。しかし、決まりごとを破る癖は、お前たちの父親そっくりだ」

ギロリと零先生に睨まれて、私と青龍は思わずお茶を吹き出すところだった。

ていうか、お父様たちもそういうところがあったんだ。

「零師。俺は一応、止めたのです。しかし玉蘭が、巷を騒がせる盗人を、自分で捕まえると言って聞かないので」

「盗人？　そう言えばそんな話をしていたな。詳しく話してみろ」

青龍の視線が私に向けられる。

「えっと、えっと……」

あたしは頬を掻きながら、詳しい話を零先生にする。

月長宮付きの女官の一人が、千華街で買い物をしていたら、お気に入りの耳飾りを何ものかに盗られたと言っていた。あまりに素早く盗まれたせいで、それが誰だったのかも分からなかったらしい。

　この話を見回り兵にしたところ、似たような窃盗事件は多く起きていて、その犯人は、まだ見つかっていないと言っていた。

　さらには、千華街のよく窃盗事件の起きる場所に行ってみたところ、ご婦人の腕輪が盗まれ、騒ぎになっていた……。

　零先生はその話を頬杖をついたまま聞いていて、何だか呆れ果てたような顔をしてあたしを見ていた。

「それでどうして、お前が犯人を捕まえる必要がある？　玉蘭、お前はそんなことを言い訳に、ただただ千華街に出向きたかっただけだろう」

　ギクッ。

「ほうら見ろ。顔にそう書いてある」

　いいや、いいや、そんなことはない。女官のリリが随分気落ちしていたので、それが気になっていたのも事実だ。

　しかし零先生の眼光は鋭く、チビチビとお茶を啜るあたしを、逃すことなくじーっととらえている……。

　思わず目を逸らしそうになったが、あたしは負けなかった。

「で、でもね先生！　あたし見たのよ。あたしの簪を盗んでいった犯人。黒くて大きな、そしてとんでもなくすばしっこいカラスだったわ」

とにかく必死で訴えた。せっかく敵と遭遇したのに、このまま何も分からずに王宮に帰されるのだけは、嫌だった。

「カラス……？　確かにカラスは光る物を集める習性があるというが……」

零先生はそこまで言って、何か考え込む。

青龍はそんな零先生の表情を見て、

「零師は、何か思い当たることでもあるのでしょうか？」

そう問いかける。

零先生は「いや」と答えただけだった。だけどこの感じ、何か知っていることがありそうだ。

「確かに……最近は、千華街も物騒になってきた」

零先生は立ち上がると、窓辺に寄って、ポツポツと語り出した。

今日はとても晴れていたから、日中はとても暑かったが、夕方が近づくにつれて少しずつ太陽の光も和らぎ、風が強まってきた。

その風が、雨の匂いを連れてくる。

「もともと多種多様な民族が暮らす街ではあったが、今はより遠い場所からやってきた、多くの商人が出入りするようになった。古い商店が買収されたり、潰されたり、商談が握りつぶされたり。その恨みで暴力沙汰になってしまったり……。それだけではなく、文化の違いや考え方の違い、宗教の違いや身体的特徴の違いもあって、千華街では揉め事が絶えないという」

その話の途中、窓の外ではポツポツと雨が降り出した。そろそろ夕暴雨の時間だ。

「この手の殺傷事件は毎日起こり、それは一件や二件ではない。俺はそういう者たちの手当てを、以前より多くするようになったから、実感としてわかるのだ」

「零先生……」

「揉め事は徐々に複雑化していき、解決しようのない社会の問題になっていく。青火は少々、いいや、かなり、飛ばしすぎたのだ。時代の流れについていけず、どうしても取り残される者たちが出てしまう。誰もがあの男のように、世界を知っているわけではないのだから」

あたしと青龍は顔を見合わせる。

零先生の話が、少し難しく感じられたのだ。

ただ、零先生は弱い者を置いて行くことのできない人であり、千国の現状から遠い未来を見据えて心配しているのだということは、ひしひしと伝わってくる。

「ねえ。先生の薬局は大丈夫？　古い商店が買収されたり、潰されたりしているというけれど……」

「当たり前だ。水仙堂の立地がよいため、店を買い取りたいと言ってきた外国の人間は多々いたが、話にならんと言って追い返してやったわ！」

零先生は、腹のたつことでも思い出したのか、窓の桟をバシバシと叩いた。

同時に、夕暴雨の激しい雨粒が窓辺を打ち付ける。

先生はイライラついでに、窓を勢いよく閉めた。

「ふふふ。最近では、零先生がこの国の重鎮であることを知らない異国人も増えましたからね。先生に対し敬意を払わず、無礼な者も多いのです。水仙堂のことを、儲かっていない寂れた店だと言ったのだとか」

アレンが笑いながら教えてくれた。

零先生が笑い事じゃない、と彼をジロッと睨んでいた。

しかし、なるほど。

王族ですら恐れ敬う零先生に対し、異国の商人に無礼な態度で水仙堂を奪われそうになったとあれば、零先生だって怒る。ていうか凄まじく怒っている。

そもそも水仙堂は寂れているのではなく、店が古くて、開いている時間が短いだけなのだ。

そしてあの場所は日常で使う薬を、皆がすぐに買いに来られるように設けているお店で、全ての薬の値段が安く、儲けも度外視していると聞いたことがある。

「はっ。国際社会の荒波の中で、皆が俺のことを忘れ去ってくれるのならば結構。そろそろ俺も隠居生活がしたい」

「もう隠居生活みたいなものじゃないですか、お師匠様。最近は、蓮蓮さんに任せてしまうお仕事も多いですし、物忘れも激しいですし」

「人を耄碌ジジイみたいに言うな、アレン」

「あはは！」

「こら、お前たち笑うな。全く……」

零先生は見た目こそ若いが、中身はかなりのおじいさん。

あたしは笑いながらも、零先生への敬意を改めて胸に抱いていた。


「アレン、二人を王宮まで送っていけ」

「はい、零先生」

夕暴雨が収まったので、王宮へと帰ることになった。

零先生が、あたしたちに薄い外套を着せながら、念を押すように言う。

「玉蘭、お前は明るく活発なのはよいことだが、もう少し用心深く行動しろ。散々言われているだろうが、落ち着け」

「ええ。散々言われてるわ」

「よし。青龍、お前は玉蘭に付き合わされて災難だっただろうが、こいつの手綱を握っていられるのはお前くらいのものだ。王宮に着くまで、こいつのことをしっかり見てやってくれ。お前に関しては、そのまま立派に成長するとよい。時には父に逆らってみるのもよいだろう」

「はい、お師匠様。……え?」

頷いた後に、青ざめて目を見開く青龍。

国王の父に逆らうなんて、青龍にはなかなかの難題だ。

まだ明るさのある夕暮れ時だが、アレンが焔草を入れたランタンを持って、あたしと青龍を王宮まで送ってくれる。

「あっ!」

その途中、あたしは寄りたい場所があったのを思い出し、そこに立ち寄るよう、アレンにお願いする。零先生には、寄り道をするなと言われたけれど……

そこは、あたしのお母様とお父様の話の中によく出てくる、思い出の場所だった。

「よかった。ここ、ちゃんと残っているのね！」

「ええ。一時期は、このガジュマルの木を伐採する予定だったのですが、住人たちの反対で取りやめになったのです」

大きな大きな、気根の絡まり合ったガジュマルの木。

ボコボコと盛り上がった根元に、古びた鳥居が傾いて建っている。

雨に濡(ぬ)れた後だったので、その下に入り込むと、キラキラした雫(しずく)がたくさん零れ落ちてくる。あたしはそれを、手のひらで掬(すく)ったりしていた。

「おい、玉蘭、そこにいたら濡れるぞ！」

「いいのよ。清々しくて気持ちがいいわ。青龍とアレンもいらっしゃいよ」

ガジュマルの木の外側から見ていた二人を、あたしは手招きする。

アレンがさっき話した通り、一時期この木は、伐採の危機に陥っていた。

ここを買い取り、更地にして、新しい店を建てようとした異国の商人がいたようだ。

千華街の町長は儲けのために、一度それを承諾したらしいのだが、それに反対したのは近隣住人だ。ここは、普段はあまり人の来ない古い鳥居信仰の残る場所なのだが、いざという時は誰もがこの木と鳥居を守ろうとする。

鳥居とは千国の住人たちにとって、当たり前にそこにあるものなのだった。

だけど、以前に比べたら、千華街から鳥居が消えつつあるらしいとアレンが言っていた。零先生から聞いたんですって。

だけどそれは寂しい。だって、鳥居はこの国と異界とを繋ぐ出入り口だ。

お母様は、鳥居を潜って、ここへと来たんだもの。お母様がいなければ、あたしは生まれなかったんだもの。

悶々（もんもん）としていたら、足元をスッと、黒い何かが撫（な）でて通り過ぎる。

「ひゃああっ」

片足を上げて驚いた。間の抜けた声を上げてしまった。

「なんだ、何事だ」

「青龍殿下、あそこに何かいます」

アレンが指差した先にいたのは、ふてぶてしい顔をしている黒猫。

千華街には確かに野良猫が多いけれど……

その黒猫は、口に緑色の宝石をはめ込んだ指輪を咥（くわ）えていて、少し先でジッと止まり、警戒するかのように、あたしたちを観察していた。

「おい、あの猫」

「ええ。まさかあの黒猫が、巷を騒がす連続窃盗犯？」

おかしいな。あたしの簪を奪っていったのは、黒いカラスだったはず。

しかしスルリと、菫色のヴェールのような冷たい風が頬を撫でた気がして、あたしはそれに誘われるように周囲を見渡す。

すると黒猫だけではなく、黒いネズミや、黒い犬、黒い猿もいる。

どの子も、光る何かを口に咥えていたり、手に持っていたりするのだった。

あたしは彼らの向かう先に目を凝らす。

すると、彼らは木の根元の盛り上がった場所にある、小さな穴にするすると入って行く。

あたしは動物たちがそこから出て、再び散っていくのを見計らい、青龍と共に、その穴を覗き込んだ。

「あーっ、見て！　あたしの髪飾りがこんなところにある！」

「お、おい。危険だ、落ちるぞ」

穴に手を伸ばすあたしを、後ろから引っ張る青龍。

それは意図的に作られたのか、かなり深い穴で、あたしの手を伸ばしたくらいでは届きそうにない。しかもお宝を狙われたからか、ガジュマルの木に止まっていた黒いカラスが、頭上からカアカアと鳴いて、あたしたちを襲おうとした。

あたしたちは慌ててこの場所から遠ざかる。

そしてあのカラス、あたしの簪を奪ったやつだわ。

「結局、連続窃盗犯の犯人は誰なんだ？　あの動物たちだったのか？」

青龍は、にわかには信じられないというような、複雑な表情だ。

だけど確かに、どの動物も、金目のものをここに集めていた。それを、あたしたちは見たのだから。

アレンが何か思い至ったように、ポツリと言う。

「お二人は知っていますか？　とある義賊の話」

「義賊……？」

義賊とは、お金持ちから金目のものを奪って貧しい人々に分け与える盗賊のことだ。

そう言えば、有名な義賊の話を、少し前に聞いたことがある。千華街ではセンセーションを巻き起こした、とても有名な人物で、王宮でもよく話題に上っていた。

アレンもまた、数年前に突如として千華街に現れた、その義賊の話をしてくれた。

「全身黒ずくめの義賊は、キバと呼ばれていました。人間の仲間はいませんでしたが、あらゆる動物を巧みに操っていました。カラスも、黒猫も、猿や、ネズミや犬でさえ……そのキバの相棒たちだったのです。そして盗んだ金品を、時折貧民街の子どもたちに配って回るため、キバは相棒たちに金目のものを集めさせていたそうです」

　その義賊は、千華街の、特に零番地に住まう住人たちに人気があり、彼らが匿うためなかなか捕まらなかった。

「しかし、約一年前にその義賊は捕まってしまいました。その後、どうなったのかは知りませんが、千国の法律の場合、これほどの盗みを働いたので、もう生きていないかと」

「…………」

「ただ……あの動物たちは、その義賊のやっていたことを、今も忠実に遂行しているのでしょうね」

　帰らぬ自分の主人の言いつけを、ただ守っているだけなのだろうか。

　それとも、主人のやっていたことの意味を、彼らは理解していたのだろうか。

　歩みを止めない千国に置いていかれた者たちは、いったいどこへ行くというのだろう。

「義賊といえど、犯罪者だ。治安を乱していることに変わりはなく、ここにある金品だって、確かに裕福な者たちのものだったかもしれないが、各々思い出がある、大事なものかもしれない。盗みを肯定してはいけない」

「……そう、よね」

　青龍の言うことは、ちゃんと理解しているつもりだ。

だけど……

「でも、あたしの梅の簪は、ここに置いていくことにするわ」

この簪が、誰かを救うことはないかもしれない。

あたしたちがやらなければならないことは、一時凌ぎの施しをするのではなく、その根本の貧富の差を解決することだから。

だけど、現実的に明日すら憂う貧しき者がいて、義賊が現れ、そういう人に救われた人々がいるということを、あたしたちは忘れてはいけない。

その戒めとして、簪をここに置いていくことにしたのだった。

第四話 ◆ ピアノとチョコレート

蝶姫様のことを時々夢に見る。

赤い髪に、胡蝶蘭の髪飾り。

美しく華やかな、それでいて愛らしいお姿。

ピアノと、チョコレートをこよなく愛しておられた、この国の姫君のことを。

生まれつき難病を背負っていたため、王宮から外に出ることもできなかったが、兄の青火様から聞く異国の話に憧れて、異国の商人より変わったものを買い集めていた。

そういった品々に触れることで、異国の文化や芸術、日々の生活を想像し、そこを訪れたような気持ちになるのだと、かつて彼女は言っていた。

そうやって、彼女が買ったものの一つがピアノである。

ピアノという楽器の前では、私、千歳と蝶姫様は師弟の関係だった。

私が蝶姫様にピアノの弾き方を教え、蝶姫様はそのピアノを自分の指で弾くことを、純粋に楽しんでいた。

彼女は外に出られない分、異界の音楽を知り、旋律に浸り、音の中で国を越えて世界を旅していたのだ。

だが、やがて病は蝶姫様の体の自由を奪い、その手も石のように硬くなって、次第に動かなくなった。

あれほど愛したピアノを、弾くことができなくなったのだ。

しかし蝶姫様はお亡くなりになる少し前に、見舞いにやってきた私に告げた。

こんな風に体が動かなくなっても、かつて自分の指で奏でた音が、耳の奥で今も鳴り響いている、と。

「きらきら星変奏曲」の旋律が、自分の心を安らかにしてくれる、と。

『何もできずに死にゆく我が身と思っていたが、命を奏でる術を手に入れて、幸せであった。この世界に来てくれて、ありがとう……千歳』

私はこの千国でピアノの生徒を何人か持っていたが、あれほど純粋にピアノを愛し、楽しんでくれた方はいない。

それはひとえに、いつか死ぬかもしれないと常に意識していた蝶姫様だったからこそ、自分を表現する術というものを、一際貴重に、尊く感じておられたのだろう。

蝶姫様がこの国にもたらしてくれた楽器は、今も絶え間なく、薬園楼閣のステージの上で奏で続けられている。

蝶姫様の葬儀で私が弾いたレクイエムが、その魂を癒したと信じたい。

　また、蝶姫様がこの国にもたらしたものは、ピアノ以外にもある。

私がこの世界にやってきた時、すでに蝶姫様が目をつけ、この国に浸透させせたいと言っていたチョコレートだ。

すでに千国で、チョコレートは蝶子（ちょうこ）と呼ばれて親しまれている。

千国は、国家を挙げて西方文化や西方技術を取り込んだせいもあり、建造物や人々の衣服、食べ物にも、西方風というのが浸透している。

例えば、千華街にも煉瓦（れんが）造りの西風のお屋敷がポツポツと建っていたり、西の国々の花や模様を衣服に取り入れていたり。ハイカラなお嬢さんは西風の、袖の膨らんだワンピースを着ていることもある。

いまや千国は、西と東の文化を混ぜ込んだ独特な空気感の国になりつつあるのだが、その影響は、料理やお菓子に最も色濃く表れている。西の料理は、この国でも当たり前のように食べられているのである。

元々、新しいものをすぐに取り込んで、流行を生み出すのが得意な千華街（せんかがい）だ。

チョコレートはその最先端を行くもので、千国の住人が好んで嗜（たしな）む珈琲（コーヒー）とも相性がよく、蝶子菓子として専門の店も多く存在し、すっかり日常に浸透しているお菓子だ。

そして昨今の千国では、子どもが日頃お世話になっている大人に、チョコレートのお菓子を贈るという文化が、数年前より根付いている。

　これは蝶姫様が考案したお祭りで、蝶姫様のお誕生日である今日が、その〝蝶子祭り〟の日なのだった。

「ねえ、お母様。今日が何の日か覚えてる？」

　早朝、玉蘭（ぎょくらん）が花の水やりをしていた私のところにやってきて、そんな問いかけをした。

「何の日って……蝶子祭りの日でしょう？」

「正解。蝶姫様のお誕生日であり、蝶子祭りの日よ。あたし、日頃お世話になっている……というか迷惑をかけている大人のみんなに、チョコレートのお菓子を贈りたいの。それで、お母様の厨房（ちゅうぼう）を使いたいのだけれど、いいかしら！」

　玉蘭が、そのキラキラした目でまっすぐに私を見上げている。

　やる気に満ちた玉蘭の背を押したいところだが、私は鈍い反応をしていた。

「あなたが？　うーん、そうねえ」

　玉蘭はお世辞にも器用とは言えない。

　お料理もお菓子作りもそれほど得意ではない。

以前も、大きな蒸しパンを爆発させたことがある。ただ、私と一緒に料理をすることが、とても好きだった。

私は、私が見ている前であれば、と厨房でのお菓子作りの許可を出す。

「ねえお母様。蝶子菓子といっても、色々とあるじゃない。何を作ったらいいと思う？　できれば、異界風の珍しいお菓子がいいのだけれど」

「異界風？　千国風ではなくて？」

「勿論、千国らしさも取り入れたいわ！　できれば落花生を使いたいの。ピーナッツともいうわね」

玉蘭の提案に、私は大きく頷いた。

「ああ、それはとてもいい案だと思うわ。落花生は、千国で昔からたくさん作られているものだからね」

千国の名産品は時代によって変わるけれど、落花生の生産量は変わらない。

鳳梨のケーキや芒果プリン、豆花や桃饅頭……などなど、千国特有のスイーツが、今現在は蝶子菓子やカステラのような、西方のお菓子に押されつつある。

そんな中、落花生はあらゆる国のお料理やお菓子とも相性がよいため、千国が国を挙げて生産している。千国の落花生は粒が大きく高品質なので、西方の商人たちが、多く買い求めにやってくるのだった。

チョコレートと落花生か……確かに相性がよく、普通に一口サイズのピーナッツチョコレートを作るのが定番だろうが、それは玉蘭の求めている、珍しいお菓子とは言えないのだろうな。

私はしばらく考えて、ピンとあるものを思いつく。

「だったら、花生醬(ピーナッツバター)を混ぜたチョコチップクッキーは？」

「あ、それいいかも。美味(おい)しそう！」

千国の駄菓子には、このピーナッツバターを固めた四角いお菓子が存在する。

特に、千国の落花生で作ったピーナッツバターは、濃厚で西方の客人にとても評判がいいと言う。

焼きたてのトーストに、千国で作ったピーナッツバターをたっぷり塗って食べると、この上なく幸せな気持ちを味わうことができるのですって……

また、私の提案したピーナッツバター入りのクッキーは、確か、地球のアメリカでお馴染(なじ)みのお菓子だったはず。

そこにチョコチップを加えたら、玉蘭の思うような異界風のお菓子で、なおかつ千国らしさもある、美味しい蝶子菓子が作れるのではないだろうか。

早速材料を集めて、私と玉蘭は月長宮の調理場に立っていた。

私は妃であるが、薬師でもあるため、月長宮の調理場を普段からよく使っている。元々は簡易な調理場しかなかったのだが、私が透李さんに嫁ぐ際、立派な調理場を増築してくれた、という経緯がある。

月長宮付きの女官たちは、私が家事をするとあまり良い顔をしないのだが、時々、料理も自分で作ることがある。

玉蘭はウキウキした声で、私を急かした。

「材料がすぐに手に入ってよかったわ。さ、作ってしまいましょ、お母様。今日中に、みんなに配ってしまいたいもの！」

「ええ。でもその前に、しっかり手を洗うのよ」

作り方はとても簡単だ。

まずはバターをよくとかし、千国の花生醬も瓶からたっぷり取り出し、同じボウルに入れてよく混ぜる。そこに砂糖や塩を加えて混ぜる。

その間に、卵をいくつか溶きほぐし、蜂蜜と一緒にボウルに加える。これをしっかり混ぜる。

そこにふるった粉類を加え、さらに混ぜる。最後にチョコチップを加える。

この生地を少し寝かせて、あとは小さく丸めて平たくし、焼き窯で焼くだけ。

いやはや、簡単とはいえ、落ち着きのない娘と一緒に調理すると神経を使う。玉蘭ったら、そこにいるだけであれこれ物を落としてしまったりするし、バターを包丁で切る時も、ちょっと手元が危なかったし、気がつけば粉まみれだし、焼き窯は熱いのに、手で触れようとするし。

クッキーが焼きあがるまでの間、私たちはお茶を飲みながら一休みしていた。

「ところで玉蘭。あなたはいったい、誰にこのお菓子をあげるつもりなの？」

玉蘭は大好きなパパイヤジュースのミルク割りを飲みながら、んーと宙を仰ぐ。

「それはね、まずは青火陛下よ。なんてったってこの国の王様だもの」

「……いつも思うけれど、あなたって陛下に対しても、怯むことがないわよね」

「あら。伯父上はとても立派な方だし、お優しい方だわ。あたしが聞いたこと、何でも教えてくれるのだもの。それにお髭がかっこいい！」

「…………」

なるほど。玉蘭はああいう、少しワイルドなタイプが好きなのね。

しかし玉蘭は、幼い頃から接しているというのもあるけれど、あの青火陛下に対し物怖じすることもないし、何度か真剣に叱られたこともあるのに、怖がったりしない。

そういうところを、陛下も一目おいているらしいのだけれど……

私は若い頃、あの人が少し怖かったなあ。

「では、他には誰にあげるの？」

玉蘭は指折り数える。

「えーっと、宰相様と、伯母様たちと、月長宮付きの女官のみんなと、薬園楼閣のみんなと……零先生にも受け取ってもらいたいのだけれど今日は難しいかもね。それと……蝶姫様のお廟にもお供えしたいわ」

「……そうね」

そんな話をしているうちに、花生醬入りのチョコチップクッキーが焼きあがったようだ。

焼き窯から取り出したそれらは、ほんのり茶色の良い焼き色をしていて、ピーナッツバターの甘くまろやかな香りが立ち込める。

「ああ、焼き菓子の香ばしさってたまらないわ。この甘い香りに包まれているだけで、幸せな気持ちになるもの」

玉蘭が思い切り、その幸せな香りを手で集めながら、胸いっぱいに吸い込んでいる。

その仕草が面白くて、思わず吹き出してしまった。

「だったら、その気持ちを少しでも、多くの人にお返しできたらいいわね。玉蘭は、それはもうたくさんの人にお世話になりながら、ここまで成長したのだから。自覚があると思うけれど」

「ええ勿論。それはもうたくさんの大人に、迷惑をかけてきたわ」

玉蘭はそのキラキラした眼差しのまま、悪びれもなくケロッとして言う。

そして自分の作った花生醬入りのチョコチップクッキーを一枚手に取り、我慢しきれず味見をする。頬をいっぱいにしてもぐもぐ食べる様は、何だかリスのようだ。

私も一枚、食べてみる。焼きたてだから口の中でホロッと崩れて、柔らかくてとても美味しい。素朴で優しいピーナッツバターの甘みが、口いっぱいに広がる。チョコとの相性も抜群にいい。

「うん、完璧！」

玉蘭も満足げに、大きく頷いた。

そしてクッキーを一枚ずつ紙袋に入れ、手提げのバスケットに詰め込む。

「では行ってまいります、お母様！」

「あ、ちょっと玉蘭！」

そのまま元気よく月長宮を飛び出した、玉蘭。

「……全く。相変わらず落ち着きのない子」

お姫様らしからぬ、活発で生き生きした玉蘭を見ていると、私は無性に胸を締め付けられ、そしてとても幸せな気持ちになる。

かつての私は、自分が何になりたくて、何をしたいのかも分からないような、感情の死んだ子どもだった。母親や父親の存在、言葉に縛られた子どもだった。

私は、玉蘭の感情を殺すような親にはなりたくない。

それを戒めにして、玉蘭と向き合ってきたつもりだ。

この国の色とりどりの花や果実のように、喜怒哀楽、たくさんの感情を育んで、多くのものの気持ちの分かる、愛し愛される子になって欲しい。

とはいえ、あそこまで活発が行きすぎると、少々心配にもなるのだけれど……

「あれ？」

視界にあるものが飛び込み、私の思考は一時停止した。

先ほど、玉蘭がクッキーを詰め込んでいた手提げのバスケットが、なぜか作業机の上に置きっぱなしになっているのだ。

私は目をパチクリとさせた後、着ていた羽織をズルッと肩から滑らせる。

「あ……っ、あの子ったら、何も持たずに飛び出していったの？　いったい何のためにクッキーを焼いたのよ！」

色々と前言撤回だ。

あの子にはやはり、もう少し冷静さと落ち着きが必要である。

私は手提げのバスケットを持って、月長宮を飛び出した。女官たちに「千歳妃⁉」「霞桜の君⁉」と驚かれながら。

玉蘭がすぐに戻ってこないということは、まだバスケットを忘れていることに気がついていないということだ。

玉蘭ってば、最初はどこに向かったのだろう。

辺りを見渡しても、影も形も、全く見当たらない。

「千歳妃、やけに慌てておられますね。いったいどちらへ？」

「あ、花南さん！　ちょうどよかった、玉蘭を見ませんでしたか⁉」

すぐ目の前を通りすがった、女武人の花南さんに、私は駆け寄った。

花南さんは、玉蘭という名前が私から出たので、状況を暗に察したようだった。

「玉蘭姫、ですか。ああ、少し前に遠くからお見かけしました。確か、薬園楼閣の方向に向かっていたような。喧嘩でもなさったのですか？」

「いえ、そういうわけではないのですけれど。あの子ったら、忘れ物をしたまま、月長宮を飛び出してしまって」

「アッハハ。玉蘭姫らしいです。あの子はよく、訓練場にも色々と忘れるので」

「で、ですよね。私からも、周りをよく見るように言っておきます……」

顔を手のひらで覆っていると、花南さんはまた「アハハ」と笑った。いや、笑い事ではない。

「ありがとうございます、花南さん」

「千歳妃も、あまり慌てないように。裾を踏んで転んでしまいますよ！」

花南さんと別れ、私は薬園楼閣へと急いだ。

確かに裾を何度か踏んで、転んでしまいそうになったので、そこは慎重に。

薬園楼閣の青焔(あおほむら)の園に飛び込むと、数人の薬師や庭師が顔を上げ、私の慌てふためいた姿に驚いていた。

息を整えていると、庭師の一人が、どこか恐る恐る私に尋ねる。

「霞桜の君、いったいどうされましたか？」

「あ、あの。こちらに玉蘭は来ませんでしたか？」

「玉蘭姫ですか？」

庭師や薬師が顔を見合わせ、ピアノの方に顔を向ける。

すると、玉蘭はピアノのある円形のステージの前で、じっとピアノを見上げて佇んでいたのだった。

「玉蘭……？」

私は少し驚いていた。

玉蘭はピアノがあまり好きではないからだ。

だけどピアノを見上げる玉蘭の姿に、ピアノに対する苦手意識のようなものは感じ取れない。

だからといって、今の彼女が何を思ってピアノを見上げているのか、私には想像ができない。そういう表情を、彼女はしていた。

「玉蘭……？」

「わっ、お母様！」

玉蘭は、私が側に来ていたことにも、今やっと気がついたようだ。

それだけ集中して、このピアノを見ていたということなのだろう。

「珍しいわね、あなたがピアノをじっと見ているなんて……どうかしたの？　もしかして弾きたくなった？」

「う、ううん。違うわっ！」

玉蘭はブンブンと首を振る。

やっぱり、そういうわけではないのか……

私もまた、複雑な表情のまま、眉を寄せて微笑んでいた。

ピアノに興味があっても、それを弾くことを嫌いになってしまったのは、私の指導が間違っていたことが原因だ。

そういう罪悪感が、胸をひっかくことがある。だけど、過去を変えることなどできないから、後悔しながらも、今の玉蘭が望むことを察していくしかない。

ただ、この子はとてもわかりやすい娘だと思っていたけれど、今ばかりは、どうしてピアノを真剣に見ていたのかわからない。

「あのね、蝶姫様が見える気がしたの」

「……え？」

「ピアノを弾く蝶姫様の姿よ。じーっと見ていたら、柔らかな風がピアノの辺りで留まって、チリチリと光と色を帯びていくの。そして、蝶姫様の姿が浮かび上がって見えるのよ。お母様もやってみて」

玉蘭に言われるがまま、ピアノを見つめた。

ピアノの周囲に、白い蝶々が飛んでいて、心が落ち着く。

そしてゆっくりと、だけど確かに、蝶姫様の輪郭が浮かび上がってくる。

記憶の残像だろうか。

ここでピアノを弾き、命を奏でた彼女の姿が、残り香のようにここにある。彼女の好きだった「きらきら星」の旋律も、聞こえてくるほどに。

ああ、嫌だ。目の奥が熱くなってくる……。

玉蘭は、ピアノを見つめることで、蝶姫様と会っていたのね。

「お母様、泣いてるの？」

「い、いいえ。ちょっと思い出してしまっただけ。でも大丈夫」

私は涙を拭って、心を落ち着かせた。

そして、自分がここに来た理由をハッと思い出した。

「それはそうと、玉蘭。あなた一番大切なものを忘れていったでしょ。ほら！」

クッキー入りのバスケットを玉蘭の前に差し出す。

すると玉蘭は今の今まで、これを忘れていたことに気がつかなかったという様子で、

「あああっ！」

大きな声を上げ、目を見開いて軽く飛び上がった。

その反応を見て、私は額に手を押し当てた。

「呆れた。本当に、今まで気がつかなかったの？」

「自分でもびっくりよ！　薬園楼閣のみんなにクッキーを配るために、ここに来たのに！そのクッキーを忘れていただなんて！」

「……はあ～」

どうしてこうも落ち着きのない姫なのだろう。

活発なのはよいことだが、これではいつか、取り返しのつかないミスをしてしまいそうだ。

玉蘭は私の心配をよそに「ありがとうお母様！」と言ってバスケットを受け取ると、今朝焼いたチョコチップクッキーをこの薬園にいる薬師や庭師のみんなに一枚ずつ配り始めた。

「感謝します、姫様」

「美味しいです！」

「これでまた頑張れる～」

ここで働く人々は、姫君の手作りお菓子を貰ったとあって、歓喜したり感激したり拝んだりしている。

玉蘭は赤ん坊の頃からこの薬園楼閣に通っていて、薬師や庭師の人々のお仕事に関心と尊敬の念を持ち、親しんでいる。

なので、ここで働く人々に、とても可愛(かわい)がられているのだった。

「おや、玉蘭姫に千歳妃ではありませんか」

「あ、緋澄(ひずみ)！」

宮廷薬師長の緋澄さんが後からこの薬園楼閣にやってきて、私と玉蘭がいることに気がつくと、袖を合わせて深く頭を下げた。

玉蘭はわっと笑みを作って、緋澄さんの方に駆けていく。

緋澄さんは外の植物を見ていたようで麦わら帽子を被っていたのだけれど、それがあまり似合ってないところが少し面白い。

そういえば、日差しの強い日は零先生も麦わら帽子を被っていたなあ。

緋澄さんももういい歳だけれど、今も変わらず年齢不詳の若々しさがあり、そういうところも零先生を彷彿(ほうふつ)とさせる。

真に零先生を継ぐのは、やはり緋澄さんなのかもしれないな。

「これ、緋澄にもあげるね」

「何です？」

　玉蘭の差し出したクッキーを、緋澄さんは不思議そうな顔で受け取った。

「あたしとお母様とで作った、花生醬入りのチョコレートチップクッキーなの。蝶子菓子よ」

「ああ、そういえば今日は蝶子祭りでしたか」

　緋澄さんは一瞬だけ、ピアノの方に目を向けた。

　彼にもまた、この薬園楼閣にあるピアノに、蝶姫様の影を見たのかもしれない。

　そして、玉蘭の前でしゃがむと、緋澄さんは玉蘭と目線を合わせ、ニコッと笑った。

「ありがとうございます、姫。姫のことを想いながら頂きます」

「絶対よ。いい子ね緋澄は」

　そして玉蘭は、緋澄さんの頭をよしよしと撫でる。

　昔からそうなのだが、玉蘭は緋澄さんに対し、こういうことをする。

　彼女は一人っ子体質で、父や母、伯父上たちには頭を撫でられることの方が好きなはずだが……

　それに緋澄さんも、甘んじて玉蘭に可愛がられているという感じだ。

　玉蘭ってば、私と緋澄さんの最悪の出会いを知らないから、あの頃の毒々しい緋澄さんを見たら、驚くだろうなあ。

なんて、私は遠い目をせずにはいられなかった。

薬園楼閣を出て、次に玉蘭が向かったのは、この国の文官たちが集まる宮殿だった。

私はというと、自分の月長宮に帰ったふりをしながら、玉蘭をつけて行き、後ろから見守っている。

というのも、宮殿でこれから玉蘭が会う人々は、偉い方々ばかりだからだ。

いくら姫君とあっても、失礼なことがあってはならない。

特に玉蘭は予測不可能な行動をするし、突拍子のないことを言ったりする。

玉蘭は宰相様が日夜仕事をしているお部屋の前で立ち止まると、馴染みのある衛兵に軽く挨拶をして、その扉を軽く叩いていた。

「左京様！　左京の伯父様ーっ」

「……ああっ、玉蘭ったら、お忙しい左京様を、アポもなく大声で呼び立てるなんて……しかもあんなに強く扉を叩いて……っ」

私は相変わらず、遠くからハラハラして見ていた。

すると中から出てきたのは、長髪を後ろで束ねたこの国の宰相、左京様だった。

左京様は青火陛下の弟で、透李さんにとっても腹違いの兄に当たる。かつては第二王子と呼ばれていた。

柔らかな物腰の、とても頭のいい方で、陛下を内政の面で支えている。

とはいえかなりお疲れのご様子で、目の下のクマが凄い。

おそらくこれは、ここ数日寝ていない顔だ。

「こんにちは、玉蘭姫。何かご用ですか？」

玉蘭は遠慮なく問いかける。

「左京様、今日が何の日か覚えてる？」

「今日ですか？　もちろん、蝶姫様のお誕生日です」

「そうなのだけれど、それだけじゃないわ」

左京様は玉蘭姫の持っているバスケットを見て、すぐに気がついた。

「ああ、そうですね。今日は蝶子祭りの日でもあります。蝶姫様が生み出し、この国に根付いた新しいお祭りです」

「その通りよ。だからあたし、お世話になった大人のみんなに、手作りのお菓子を配って回ってるの。左京様にもあげるわね」

そして玉蘭は、バスケットからクッキーの入った紙袋を取り出し、宰相様に手渡した。

「これは、焼き菓子ですか？　ありがとうございます、とてもよい香りがしますね。ちょうど一休みしようと思っていたところなのです」

「左京様、とっても疲れて見えるわ。大丈夫？　忙しいの？　ちゃんと寝てる？」

「……大丈夫ですよ」

左京様は少しばかり困ったように笑っていたが、一度部屋の奥に戻ると、玉蘭に何かを与えていた。

「わああああっ！」

玉蘭が興奮している。

どうやら、この国では珍しい西国の万年筆を貰ったようだった。

万年筆は、玉蘭がずっと前から欲しいと言っていたもので、玉蘭の歓喜の声が、ここまでよく聞こえる。

左京様ったら、なんて高価なものを……

玉蘭が遊びに行くと、いつも素敵なお土産をくださるのだから。

「ところで玉蘭姫。兄上……青火陛下のところへ行く予定はありますか？」

「もちろん、今から行くの！　でもお会いしてくださるかしら。そもそも受け取ってくれるかしら」

「ふふっ、きっとお喜びになられますよ。もうすぐ、大エグレスの使者との会談が終わりますから、その時間を見計らって渡すとよいでしょう」

そして左京様は、玉蘭に青火陛下と会える時間や場所を教えてくれた。

すでに、その時間は迫っているようだった。

「早速行かなくちゃ！　ありがとう、左京様！」

そして左京様に頭を下げて、玉蘭はバスケットに大事そうに万年筆を仕舞うと、次の場所へと走って向かう。

「玉蘭姫！　廊下は走ってはいけませんよ！」

宰相様の注意の声が響いたが、その時にはもう玉蘭は曲がり角を曲がって、姿が見えなくなっていた。

私もまた、宰相様のお部屋の前まで早歩きで向かう。

「あのう、宰相様。お忙しい中、玉蘭の相手をして頂きありがとうございました……っ」

「千歳妃。玉蘭姫のことが心配で見ておられたのですか？」

そうは言いつつ、宰相様はきっと私の存在に気がついておられただろう。

「……ええ、あの子のことが心配で。その、あの子は少し、感情の赴くままに突っ走る傾向がありますので」

私がおずおずと言うと、左京様は声を上げて笑った。

「あははっ。千歳さんとは正反対ですね」

確かに、何事にも心配しがちで慎重だった私とは大違いだ。

「ですが……」

左京様は背中で手を組みながら、玉蘭の走り去った方向に顔を向け、憂いある声音で、こんな話をした。

「蝶子祭りは蝶姫様の形見のようなもの。あの方のことを誰もが思い出すのが今日という日であり、このお祭りです。実は私も、今日は少し気落ちしておりました。しかし蝶姫様の志をまっすぐに継いだ玉蘭姫の、屈託のない明るい笑顔を見ていると、自然と心が癒されるのを感じます」

「……そうですね。あの子には、蝶姫様に少し似たところがある気がします」

左京様の言葉は、私にもよくわかる。

左京様にとって蝶姫様は腹違いの妹だったが、それでも彼女が亡くなった時、酷く心を痛めた一人なのだろう。

次に玉蘭は、異国の使者たちと会談するのに用いられる小宮殿と本宮殿の渡り廊下で、青火陛下を待ち伏せた。

私はまた、その少し遠くの木の後ろから、彼女の様子を見守っている。

優しく甘い左京様と違って、国王の青火陛下は手厳しいお方だ。何か粗相があってはいけない。

青火陛下は複数のお供を連れていて、とてもお忙しい様子だったが、

「陛下！」

玉蘭に呼び止められると、振り返って、目を細めた。その表情は少々険しい。

「玉蘭か。何事だ」

「陛下……伯父様に、お菓子を食べてもらいたいの！」

「お菓子？」

「今日はそういう日なのよ。覚えてる？」

「……蝶子祭りか」

玉蘭の質問に対し、青火陛下は斜め上に視線を流した。

「正解よ！　今朝焼いたクッキーを受け取ってちょうだい」

玉蘭は陛下に対し、ずいとクッキーを入れた紙袋を差し出した。

陛下の周囲にいたお付きの人々がざわついている。

陛下も、しばし無言になった。

「焼き菓子か。……お前が、焼いたのか？」

「あ、もしかして警戒しているの？　確かに前回のチーズスフレは失敗だったけれど、今回は大丈夫よ。今日は、お母様がちゃんと横で見ていてくれましたから。あたしも味見しましたから！」

「…………」

青火陛下は、渋い顔をしながらもそのクッキーを受け取る。

以前、何度となく玉蘭の試作した、形容しがたい味と見た目のお菓子を食べさせられた青火陛下だ。

それでも受け取ってくれるのだから、陛下の慈悲に私は感謝の涙を流すばかり。

「後ほど、茶を淹れて頂こう。感謝する、玉蘭」

青火陛下が玉蘭の頭にポンポンと手を置く。

玉蘭は満足げに、肩を上げて喜んでいた。

厳格なイメージを持たれがちな陛下ではあるが、姪の一人である玉蘭のことはいつも気にかけてくれるし、玉蘭も陛下に懐いている。

「それはそうと、玉蘭。お前は今年で十三だったか」

「ええ。もう子どもじゃないのよ」

玉蘭が少々生意気なことを言うと、青火陛下は鼻で笑った。

まあ、どこからどう見ても、まだ子どもなので……。

「お前にもそろそろ、縁談話の一つや二つあるだろうが、お前が嫁に行くのはまだ想像できんな」

「まあ！　あたしはまだお嫁には行かないわ。早すぎるもの！　お母様なんて二十代半ばでお父様と結婚したのよ」

や、やめてー。玉蘭やめて。

私はこの国ではかなり、遅い結婚だったのだから。

青火陛下は少し呆れた顔をしている。それもそのはず、青火陛下の姫君は、すでに異国の王子との縁談を決めているし、年上の従兄弟(いとこ)たちには続々と縁談話が持ち込まれているという。

西方との関係を深めたい千国にとって、王家の人間たちの婚姻とは、それこそ政治的な戦略が関わってくる、政略結婚に他ならない。それはこの国の姫にとっても、重要な役目であった。

私もまた、話の行方をハラハラして見守る。

「玉蘭、お前、もう子どもじゃないと言ったばかりではないか」

「それとこれとは話は別よ！　あたしのお眼鏡にかなう色男であれば、全く問題ないのだけれどね」

「……お前のような高飛車姫を、喜んで受け入れてくれる者がいればよいが……」

半ば諦めの眼差しを姪っ子に向けている、青火陛下。

「まあ、お前にはまだ早い話であったか。それに正直なのはよいことだ。今はお前らしく、日々を楽しめ」

「勿論。それでは失礼します、青火陛下。お体には気をつけてね！」

最近は外交面で忙しい陛下の邪魔をしてはいけないと玉蘭も感じ取っているようで、用事を済ますと姫らしく袖を揃えて頭を下げた。

そして、ダッシュでここを立ち去る。

私はそんな玉蘭を、慌てて追いかける。

周囲の人間たちに、私の姿は不審に映ったことだろう。

「まあ、ありがとうございます、玉蘭。大きくて美味しそうな焼き菓子ですね。蝶子菓子だなんて、嬉しいわ」

と、玉玲妃。

「自分で作ったなんて感心だわ。うちの王子や姫たちは、貰うことばかりに必死で、玉蘭ちゃんのようにお菓子を作ろうなんて思わないみたいだから。見習わせたいものだわ〜」

と、メグナミ妃。

玉蘭は、伯母でもある二人のお妃様のお宮を巡り、クッキーを配った後、最後に蝶姫様のお廟へと向かった。

王宮の敷地内。広大な樹林の奥にある王家の墓地だ。

「お待ちなさい、玉蘭」

「あ、お母様」

私は玉蘭がお廟に入る前に、彼女を呼び止める。

まるで、今になって、私が再び玉蘭の前に現れたように。

「蝶姫様のお廟に入るのなら、お母様も一緒に入るわ。私も、蝶姫様にご挨拶したいと思っていたの」

「……うん」

玉蘭は、コクンと素直に頷いた。

蝶姫様のお廟の中では、常にその魂を癒す香が焚かれていて、彼女の名代冠花であった胡蝶蘭が飾られていている。

多くのお供え物も積み上げられている。今日は彼女のお誕生日とあって、お供え物は数え切れないほどあった。

千国ではお廟に、色とりどりの装飾やお菓子を供える風習がある。

そして、命日と同じように、故人の誕生日に墓や廟に参るのだ。

中はぼんやりと、暖色の焔草で照らされていたが、私たち以外の人影もある。先客がいるのだろうかと思っていたら、

「零先生……」

驚いた。その人影が、零先生だとすぐに分かったから。

きっと、零先生は蝶姫様の魂が安らかに眠りについていることを願いながら、この廟にお参りに来たのだろう。

零先生は私たちの声に気がついて、ゆっくりと振り返る。

「なんだ、お前たちも来たのか」

「驚きました、先生が王宮にいらしていたなんて。私にも声をかけてくだされればよかったの

に」

「まあ、なんだ。昨晩、蝶姫の夢を見たのでな」

「………………」

……そうか。私だけではなく、零先生も蝶姫様の夢を見るのだ。

玉蘭もまた、

「あたしも見るわ！」

と言いながら、さっそく焼いたクッキーをお供えする。

私たちは膝を地面につけ、頭を下げて手を合わせる。

蝶姫様……

晩年の、蝶姫様のことを思い出すだけで、涙が溢れそうになる。

病の苦痛や薬の副作用に耐えながらも、彼女は限界まで生き抜こうとした。

零先生だけでなく、宮廷薬師の私や緋澄さん、宮廷の医者たちも、蝶姫様のためにできることを、必死に探していた。

彼女は多くの者に愛されていた。生きて欲しいと、みんなが願っていた。

だからこそ、彼女が死の床についた時、自分の無力感に襲われて、しばらくは心が現実に戻ってこられなかった。

みんなそうだ。王宮はあの日、大きな悲しみに暮れていた。

透李さんは、蝶姫様の明るさや健気さに、自身もまた救われたのだと言っていた。

かつて、前正王妃が好き勝手にしていたせいで、王宮内は混沌としていた。

当時の正王妃は庶民の母を持つ透李さんを目の敵にしていたし、彼の立場はとても複雑なものだった。

『蝶姫はそんな俺に優しく手を差し伸べ、母が違っても兄として慕ってくれた。あの子の優しさがあったから、俺は王宮でも生きていられたんだ』

あの日、透李さんはそんな風に、力なく語った。

私も、自分と母のピアノを引き合わせてくれた蝶姫様に、様々な恩があった。

蝶姫様は私のピアノの、最初の教え子でもあったし、彼女の笑顔がふと脳裏に蘇って、あの日は一日中、泣くのを我慢できなかった。

だけど、あの日、誰もが悲嘆に暮れる中、その悲しみを表に出さなかった人たちがいた。

それが青火陛下と零先生だった。

青火陛下にとっては実の妹であり、零先生にとっては長く看てきた患者であり、孫娘のような存在だっただろう。

私たちよりずっと蝶姫様に近い存在だった二人が、誰より悲しみを表に出さない。その姿がまた、私には切なく感じられた。

誰より悲しいはずなのに、その悲しみに負けてしまわないよう、必死に堪(こら)えているように見えた。

それが蝶姫様との、約束だったかのように。


「はい。先生にもあげる」

蝶姫様のお廟から出た後、玉蘭は零先生にも、例のお菓子を差し出した。

零先生は、突然どうしたと言いたげな顔をしていた。

「なんだ、これは」

「あたしが焼いたクッキーよ。蝶子のお菓子」

「……新手の嫌がらせか？」

「零先生までそんなことを言うのね！　でも大丈夫ですから。お母様と一緒に作りましたから！」

玉蘭が口を尖(とが)らせている。

慌てて私が、隣で説明を付け加えた。

「花生醬の蝶子菓子です、先生。今日は蝶姫様が大好きだった西のお菓子を、子どもたちがお世話になった大人に配って回るお祭りなので」

「ああ……そういえばそんな祭りを、蝶姫が考案していたな。それで今日は、千華街でも子どもたちが多く出歩いていたのか。言われてみたら、出店も蝶子菓子ばかりだった気がするな」

零先生は顎を撫でながら、今日の千華街の様子を思い出し、納得しているようだった。

蝶子菓子……チョコレート色に染まった千華街。

私もその様子を想像しながら、きっととても賑わっているのだろうなと、嬉しい気持ちになった。

誰もが、甘くとろける蝶子を齧る、そんなお祭りだ。

「まだ新しいお祭りですが、千華街の住人たちは楽しんでいるのですね。子どもも大人も、蝶子菓子が大好きですから」

「まあ確かに、この祭りのおかげで、蝶子菓子の知名度が上がり、千国に根付いたというのはあるだろうな。蝶姫の狙い通りだ」

そっけない素振りでそう言いながらも、零先生の表情はどこか切なげに思えた。

同時に、私はピンときたことがある。

「そういえば……零先生も蝶子菓子は好きですよね。あまり西方のお菓子は好まないのに、これだけは」

零先生は、ハッと慌てた表情になる。

玉蘭は私と零先生の顔色を見比べながら「そうなの？」と。

「……ち、蝶子は使用方法によっては薬にもなるからな。それに……珈琲に合う」

「あ、わかります。チョコレートと珈琲は鉄板ですよね」

零先生は、とにかく珈琲が大好き。

自分で珈琲の木を育てていて、豆を焙煎（ばいせん）しているくらいだし。珈琲に合う蝶子菓子を、零先生が気にいるのも無理からぬ話。

「えーっ、あたし珈琲は苦手！　だってとっても苦いもの」

ただ、玉蘭にはその味のよさが全くわからないみたい。

少し苦い仙茶（せんちゃ）は好きなくせに……

「大人になると、これが美味しくてたまらなくなるのよ」

「えー、嘘（うそ）だわー」

「まあ、珈琲は子どもがガブガブ飲むものでもない。お前にはまだ、果実水やら牛乳がお似合いだ」

そう言って、零先生は玉蘭の額を指で突き、フッと微笑んだ。

玉蘭は零先生にも子ども扱いされ、ムッと膨れっ面になっているが、こういうところがまだまだ子どもっぽいのよね。

「それはそうと、玉蘭。お前、カゴの中にまだその蝶子菓子があるようだが、他に配って回らなくていいのか？」

「あっ！」

玉蘭が目を丸くして飛び上がる。

バスケットの中にはまだたくさんのクッキーが残っているし、配りたい相手も、大勢いるようだ。

「急がなくっちゃ、日が暮れちゃうわ！　ごきげんよう、零先生〜っ！」

玉蘭は慌てて走って行きながら、途中で振り返り、零先生に手を振っていた。

零先生は、落ち着きのない玉蘭を呆れたような表情で見送りつつも、後からふっと、優しく微笑む。

「どうだ、千歳。俺の予言は本当になったな」

「ええ、本当に」

「あの娘が生まれた時、ピンときたのだ。絶対に、お転婆になりそうだと」

「零先生の直感の恐ろしさを、最近つくづく嚙み締めていますよ」

私もまた、眉を寄せてクスクス笑う。

「だが、あのくらい明るく元気の良い姫が、この眩しい国には相応しい。千国の、太陽と風と花とに、愛された娘だ」

「…………」

私はさりげなく、零先生の横顔をうかがう。

その表情は、生まれたばかりの玉蘭を抱きかかえ、名を与えた時と同じ目をしている。

あの日、零先生には、玉蘭の何が見えていたのだろう。

何を見出していたのだろうか。

「でも、玉蘭は、ピアノが嫌いなんです。困ったことに、お勉強も」

「ほお。お前とは大違いだな。お前はこれ以上するなと言っても勉強するようなやつだったのに」

「……そ、そうでした」

私はいわゆるガリ勉であった。

零先生が私を叱る時は、いつも夜更かしをしすぎたり、無理や無茶をしたりした時だった。

零先生はクスッと笑った。同じようなことを思い出しているのかもしれない。

もう、十年以上も前のことを。

「だが、一つのことにがむしゃらになるところは、お前に……母親に似たところでもあるな。お前はおとなしい娘であったが、物事に取り組む姿勢は、熱心なところもあった」

「もう、先生ったら」

「そもそも、玉蘭はお前と違うからよいのだ。お前や透李のよいところを引き継ぎながらも、やはり別の人間。すなわち、お前とは違う役割と運命が、あの娘には待っているということだ」

「…………」

なんだか、先生がそう言ってくれると、ほっとする。

先生は、私の悩みや葛藤を、悟ってくれているのだろう。

娘という存在には、どうしても自分を重ねてしまいがちだけれど、先生のいう通り、やはり全く違う人間なのだ。

「何というか……玉蘭はむしろ、少しだけ、蝶姫に重なるところがあるな」

「……先生」

「似ているというのではない。ただ、あの娘が、意識しているのかいないのか、蝶姫の望んだ姿をしている気がする」

私も少しだけ、同じように思っていた。

あの子を見ていると、その後ろに蝶姫様の意思が見え隠れする。

生前、蝶姫様が玉蘭を可愛がってくれたというのもあるだろうが、玉蘭なりに、蝶姫様が亡くなった時、彼女の意思を引き継ごうと、覚悟した何かがあったのかもしれない。

彼女のやりたかったこと、成したかったことを感覚的にとらえて、その思いを自分が果たそうと……

ただ、零先生の表情は切なげだ。

玉蘭に対し、蝶姫様の面影を見てしまうことを、どこか複雑に思っているかのようだ。

「あの、零先生」

私は横に立つ零先生の方に向き直る。

そして、真面目な顔をして問いかけた。

「零先生は、ご自身を責めていらっしゃるのですか？　蝶姫様を救えなかったことを」

風が吹く。お廟から漂う香が、ここまで届いた。

零先生は、特に何も答えない。

「蝶姫様は、最期まで零先生に感謝しておられました。蝶姫様のために行なっていた先生の研究は、きっと次の、誰かを救います」

「…………」

「また私にお手伝いできることがあれば、何なりとおっしゃってください。私は今でも、零先生の弟子でいるつもりです」

零先生は目を細めつつ、私の話を聞いていた。

やがてその目を閉じ、フッと鼻で笑う。

「何を言う、千歳。お前は今まさに、大役を果たしている最中だ。この国の姫を育て上げるという使命だ。たった一人の姫や王子が、国の行方を左右することもある。俺の研究を手伝う暇などあるまい」

「で、でも、先生」

「それにな、千歳。お前は何か勘違いをしているようだが、俺は別に、諦めたわけではない。少しの間、研究から離れていただけだ。そうすることで、見えてくるものがある」

「え……？」

私は首を傾げた。

研究から離れることで、見えてくるものとは何だろう。

「こういうのは、俺が今まで何度もやってきたことだ。救えなかった命がある度に、俺は一度、研究から離れる。没頭している間に解けなかった答えが、そこから離れている間に、ふと向こうからやってくることが、度々あったのだ」

「それは……今までに何度も？」

「ああ。何度となく経験がある。だからこれも、俺の習慣というわけだ。俺は、きっとお前が思っているよりずっと、長い時間を生きてきたから」

「………」

先生は視線を上げ、空を見上げて囁いた。

結局、時間をかけなければ解けない問題というものがある、と。

その時間の中で、蝶姫様のように救えなかった命があるのも確かで、直後は無力感に苛まれてしまうこともあるが、その次の時代の、誰かを救うことがあるから、先生はそれを理解し、受け入れている。少しの間、自分の心身を休め、思考を整えて、次に備えているのだ。

秋晴れの、昼下がりの、少し色あせた空。

もうすぐ冬がやってくると、予感してしまうような、風の匂い。

だけど、冬を越えたら、春がやってくる。

春を待つ零先生は、改めて私に向き直った。

「心配するな、千歳。これは俺の、長い人生をそれなりに生きていくための、必要な期間なのだ」

「零先生……」

変わらない、私の尊敬する零先生の言葉だと思った。

私は胸元で手を握りしめ、ゆっくりと頷く。

「安心しました。なんだか零先生……この一年の間、ずっと気持ちが沈んでいらっしゃると思っていたから」

先生は、わかりやすく悲しんだり、泣いたりしない分、余計に。

「安本丹め。お前たちが立ち直っているのに、この俺がずっとへこたれているわけがなかろう」

「よくよく考えたらそうですよね。とても長生きですものね」

「そうだ。お前たちより、人生の場数は踏んでいる。ゆえに、自分の中でのけじめのつけ方を、心得ているだけのことだ」

自分の中での、けじめのつけ方……

ああ、先生はやはり流石だ。偉大だ。

私が心配をすることすら、おこがましいことだったのかもしれない。

「だがな、千歳。こういうことで心配をされることも、俺には久しくなかった。俺のことを今もまだ気にかけてくれているのなら、感謝する」

「え……?」

先生から思わぬ言葉を聞いた気がして、私は目をパチクリとさせた。

何だか泣きたくなったが、それを我慢して、微笑んだ。

「当然ですよ、先生。あなたは私の、父なのですから」

「お前の父親になったつもりはないのだがな」

「あら。先生のことを父親のように思っている人は、きっと他にもたくさんいますよ。透李さんもそうですし、きっと緋澄さんも。そして先生が、私たちのことを娘や息子のように思ってくれていることも、知っています」

「安本丹め。調子に乗っているな、千歳」

「ええ。子どもは親の前では、いつまでも子どもでいたいと思うものです」

「……はあ。王弟の妃が聞いて呆れる」

「ふふふ」

どれほど歳を重ねても、たとえ立場のある人間になっても、零先生の前では、私は私でいられる。

それがどれほど、私の支えになっているか……

だけど、確実に私は、零先生より早く歳をとる。

そしていつか、零先生を置いて、この世を去る。

それは零先生にとって大切な人々が、皆、そうであったように。

先生が私を看取る時のことを考えたら、その時も先生は、こんな風にひとときの時間をかけて、けじめをつけてくださるのだろうか。

私は生きている間に、零先生に、どれほど恩返しができるだろう。

第五話 ◆ 似た者親子

　私は千国王弟妃、千歳。

　実は昨日から、娘の玉蘭が自室から出てこない。

　どうやら、昨日発表された、従兄弟の青龍王子と異国の姫君の結婚に、酷く動揺してしまったようだ。

「もしかして玉蘭は、青龍が好きだったのかな」

　透李さんが月長宮の机で、イチジクを割って食べながら、彼もまた微妙にショックを受けていそうな様子で、私に尋ねる。

　やはり、愛娘の恋愛事情は、父親に心理的ダメージを与えるらしい。

「あら、今頃気がついたの？　私もあなたとジゼル王女の婚約を知った時は、こんな感じだったわ」

「うっ」

　透李さんはイチジクを喉につまらせかけた。

　私はお茶を淹れながら、遠い昔の、失恋を意識した自分を思い出す。

　透李さんは玉蘭の恋心に気がついていなかったみたいだし、この手のことに疎いところがあるのよね。

「でもまあ、玉蘭自身も今になってやっと気がついたみたいだから、一層、ショックが大きかったのでしょうね。こういうのって、周囲の方がよくわかるから」

「お、俺は父親だったのに気がつかなかった……あいつらの剣の稽古をつけていたのは俺なのに……ただ仲良しの従兄弟同士かと思い込んでいた……」

「そういう、少し鈍いところは、玉蘭とあなたのよく似たところだと思うわ」

「千歳。君は時々辛辣だよね……」

透李さんが頭を抱えている。

確かに、玉蘭と青龍殿下は幼い頃からよく一緒にいたから、透李さんの中で、二人は兄弟のようなイメージのままだったのだろう。

でも、二人はすでに十四歳。いつまでも子どものままではなく、私たちが思うよりずっと、彼らの感情は大人に近づいている。

玉蘭だって、お転婆で子どもっぽいところばかりが目立っていたが、ここ最近は少し落ち着きも出てきた。

それに彼女は、最近、従兄弟の青龍がよそよそしく、話しかけてもすぐに自分から離れていくと、文句のようなことを言っていた。そしてそれを話す時は、必ずとても寂しそうにしていた。

青龍殿下は、異国の姫君と結婚することを、少し前から陛下に聞かされていたのだろう。

そしてそれを、受け入れていた。

玉蘭と話すのを避けていたのは、彼もまた、玉蘭に恋に似た感情を抱いていたからなのかもしれない。


大エグレス連合王国という大国が、西方にある。

千国の友好国であり、現在その国を治めているのは、妖精女王と名高い、ジゼル女王陛下という方である。

女王陛下の第一王女・ヴィオレット姫は、以前、この国で大きな会議があった時に、ジゼル女王陛下とともにお越しになったことがある。

私と玉蘭も、一度だけご挨拶をしたことがあるが、若かりし頃のジゼル様を彷彿とさせる、美しい金髪の、物語に出てくる妖精のようなお姫様だった。

玉蘭も西方の物語が大好きなものだから、金髪の美しいお姫様ということで、とても興奮していたっけ。

それこそ、名前の通り淡い菫色のドレスがとてもお似合いで、羨ましいとも言っていた。

あのヴィオレット姫と青龍殿下の婚約が決まったことで、大エグレス連合王国と千国の関係は、一層強化されることになるだろう。

透李さんの話によると、いずれ大エグレス連合王国を継ぐことになるヴィオレット姫のもとに、青龍殿下が婿入りする形だ。要するに、青龍殿下はいずれ遠くに行ってしまう。

――これはずっと昔の話。

大エグレス連合王国のジゼル女王陛下が、まだ王女だった頃。

実はジゼル女王陛下は、透李さんの婚約者であった。

おそらく青龍殿下とヴィオレット姫の婚約話は、そこから始まったものに違いない。

ジゼル女王陛下と透李さんの婚約が破棄されて、それでも続く友好関係に報いるため、青火陛下は今回あちら側から提案された縁談話を受け入れたのだ。

青龍殿下は、大エグレスの姫君との結婚を受け入れることを、悩みすらしなかったらしい。

当然だ。青龍殿下はこの国の第二王子で、その自覚も誇りもある王子だ。

いつかは必ず、国のための政略結婚をしなければならないとわかっていた。

部屋から出てこない、出てくる気配もない玉蘭。

そっとしてあげたい気持ちもあれば、慰めたい気持ちもあった。

玉蘭の今の気持ちが、私には痛いほどわかっていたからだ。

「玉蘭、いいかしら」

部屋の扉をノックして、声をかけてみるが、返事はない。

なので扉を少し開けて、中の様子を見てみると、玉蘭は寝台の上にいた。

というか、掛け布団を被って、芋虫のように丸くなっている。今日は確かに肌寒い日だが
……。

「入るわよ」

私は改めてそう告げて、部屋に入った。

彼女が大好きな、温かな烏龍茶(ウーロン)のミルクティーを持ってきたので、それを机の上に置く。

そして寝台に近寄って、丸まった掛け布団の塊に触れた。

「玉蘭、大丈夫？　具合が悪いの？」

「……そういうわけじゃないけど」

布団の塊から返事があった。

私は優しく、その布団を剝(は)ぐ。

すると玉蘭の黒髪と、むくれた顔が見えた。

目の下が赤く、泣きはらした顔をしている。

かわいそうに……昨日の晩から、ずっと泣いていたのだろうか。私は自分の服の袖で、玉蘭の涙を拭いてあげた。

「何か食べた方がいいわ。お腹が空いたでしょう？　あなたの好きな烏龍茶のミルクティーを持ってきたわ。何か食べられそうなら、好きなものを作るわ」

「………」

玉蘭はむくっと起き上がる。

多分お腹が空いているのだろう。

温かな烏龍茶のミルクティーを啜り、添えていた豆のお菓子を齧る。そして……ふうと、長いため息をついた玉蘭。

その姿は、まさに恋する乙女そのものだ。

私は玉蘭がそういうお年頃になったことに、年月の過ぎ去る早さを思い知り、成長を喜ばしく思うのだが、一方で、もうどうにもならない叶わぬ恋をしていることが、母親ながら、切なく思った。

玉蘭はじわりじわりと、目に涙を溜めている。

「悲しいことがあったのね。青龍殿下のことかしら」

私は寝台に腰掛けて、玉蘭の肩を抱く。

玉蘭は俯いたまま、小さくコクンと頷いた。

「あのね、お母様。青龍はね、ここ最近ずっとあたしを避けてたの。あたしが話しかけても上の空で、すぐに何処かへ行ってしまう。あたしの顔も見ないで」

「ええ、ええ」

それは少し前にも聞いた話だったが、私はただただ頷き、玉蘭の話を聞いていた。

「あたし、散々青龍を振り回してきたでしょう？　嫌がっていたのに、あちこち連れ回して、あたしのやりたいことに付き合わせて。だから、いよいよ嫌われたんじゃないかって思って、焦っていたわ。何だか、とても寂しかったの。だけど……」

それ以上、言葉が出ないようだった。

しばらくして、玉蘭の目から涙がぽろっと零れ落ちた。私がそれを拭ってあげると、玉蘭は私の肩に顔を埋めた。

彼女の丸い頭を優しく撫でながら、私の方から語りかける。

「青龍殿下は、きっと玉蘭に、ヴィオレット姫との婚約のことを、言えずにいたのでしょうね。それで話しづらくなって、あなたを避けていたのよ。……決して、嫌われていたのではないわ。そんなことは、絶対にない」

すると玉蘭は、私の肩に埋めていた顔を上げて、訴えるような眼差しで私に問う。

「どうして？　どうして青龍は、あたしに何も言ってくれなかったの？」

「……どうしてかしら」

私はその疑問に対する答えを、言わなかった。

本当のところは青龍殿下にしかわからないから。

玉蘭は、何が何だかわからないというような顔をしている。

「玉蘭は、青龍殿下に、何か言って欲しかったの？　いつも通りに振舞って欲しかった？　事前に婚約のこと教えて欲しかった？……なら、どうして、そんなに悲しそうな顔をしているの？」

「わからないわ」

玉蘭は即答した。

「胸が痛むの？」

「それももう、わからないの。ただ、ぼんやりとして、何もやる気が起こらない。いつもはやりたいことばかりで頭がいっぱいなのに。青龍のことを思い出すと、途端に、何もかもどうでもよくなる」

「…………」

「……青龍のことが、あたし、好きだったのかな」

答えは、すでに彼女の中で出ているようだった。

寒くても窓を開けて、布団にくるまって、風の音や鳥の鳴き声を聞いて、自問自答しながら……今日一日、寝台の上で寝転がって、彼女はずっと考えていたのだろう。

そして、恋という答えに至った。

だけどそれを言葉にしてしまうと、自分の気持ちと、その結果が確定してしまって、もっとずっと悲しい気持ちになる。それがわかっていたから、なかなか言葉にできずにいたのだ。

その気持ちは、私にも少しわかる気がする。

「そうね。私から見ていても、玉蘭は青龍殿下が好きだったのだと思うわ」

「本当？　お母様にもわかる？　どういうところが？」

玉蘭は前のめりになって私を見上げる。

うーん。玉蘭のことを玉蘭自身に質問されるなんて思わなかった。

「そうねえ。だってあなた、幼い頃から、青龍殿下ばかり構っていたし、何かとつっかかっていたじゃない。他にも従兄弟の王子様方はいらっしゃるのに。あなたはいつも、青龍殿下ばかりを追いかけて、あの子ばかりを見ていたわ。いつからそれが恋になったのかは、お母様にもわからないけれど」

青龍に追いつきたい。置いていかれたくない。

青龍に構ってもらいたい。気にかけてもらいたい。

最初は同じ歳ということで、ライバル心の方が強かったのだと思うけれど、その意識は徐々に恋に変わっていった。

玉蘭は目をパチクリとさせて、鼻をスンと啜った。

「じゃあ、青龍は？　青龍はあたしのこと、どう思っていたのかしら」

「せ、青龍殿下のことまで、お母様にはわからないわよ」

質問攻めの玉蘭を前に、私は両手を掲げる。

「でも……きっと青龍殿下も、あなたのことは大切に思っていたと思うわ。あなたの恋心に気がついていたかはわからないけれどね。でも……青龍殿下も、いつも玉蘭のことを目で追っていたのを、お母様は知っているわ」

いつだって、玉蘭は青龍殿下を追いかけていた。

それと同じように、青龍殿下もまた、風のようにすり抜けて、自由にあちこち行ってしまう玉蘭を常に目で追っていた。

青龍殿下にとって、玉蘭は妹のような存在だったのだろう。

落ち着きのない玉蘭を、側で見ていなければという感情が、常にあったのだと思う。

だが、それぞれが成長するうちに、お互いの意識が変わっていったのを、私は遠目から見て感じ取っていた。

だけど、二人が結ばれようもないことを、私は多分、知っていた。

「それでもあの子は、この国の王子として、選択したのね」

青龍殿下は、若いのに本当にしっかりしている。

国王である父や、少し年上の兄のことも尊敬しているし、この国の事情や、異国との関係、言語や文化なども、一生懸命勉強していた。

父のため、民のため、この国のために、選択することができる王子なのだ。

そういう男の子を好きになった玉蘭。なら、玉蘭は……

「玉蘭は、どうするの？」

「…………」

あなたにもきっと、選択の時は、迫っているのだと思う。

ただ、この言葉だけは、喉につっかえて出てこなかった。

私の問いかけに、玉蘭は俯いて考えていた。そして、気持ちが落ち着いた頃に、また顔を上げて、窓から外を見る。

「好きだってわかった瞬間に、失恋だなんて馬鹿みたい」

「……玉蘭」

空は少し曇っている。今日は朝からこんな感じの、どんよりした天気だ。

まるで、今の玉蘭の心を表しているかのよう。

私も少し考える。別の未来があったのかどうか。

玉蘭が、もっと早くにその恋心を自覚していたら、玉蘭と青龍殿下の関係は何か変わっていたのだろうか。

いや……それでもきっと、何も、変わってはいなかっただろう。

玉蘭と青龍殿下は従兄弟同士で、二人が結婚に至る可能性はあまりに低い。

あまりよくない言い方をすると、それはこの国にとって何の得にもならないと、陛下は判断するだろうから。

私と透李さんの時とは、かなり事情が違う。

私は、異界人だったから、許された。

そう思うと、私の恋はとても運がよかった。今となっては、王宮や王族の事情がわかるからこそ、一層そのように思う。本当に運がよかったんだって。

実際ならば、王族が恋愛感情の赴くままに、結婚することなどあり得ないのだ。

ならば私は、王族の一人として、玉蘭に何を語りかけることができるだろうか。

「ねえ玉蘭。お母様も、昔、失恋したことがあるのよ」

「……え？」

玉蘭はゆっくりとこちらに顔を向けた。

私は眉を寄せて微笑んでいた。

きっと今の玉蘭の気持ちを、私は理解できると思うのだ。

「どういうこと？　お父様が、初恋じゃないってこと？」

玉蘭は少々混乱している。

「あたし、お父様とお母様は、王族では珍しい恋愛結婚だって聞かされて育ったのに……はっ、まさか……零先生⁉　それなら納得！」

「いいえ。いいえ。早とちりしないで、玉蘭」

そこのところを勘違いされると、後々かなり厄介だ。

私は慌てて否定を重ねながら、首を振る。

「私の初恋は、透李さん……ええ、お父様よ。だけどね、本来、お父様との縁談話が持ち上がっていたのは、当時大エグレスの王女様だったジゼル様だった。そう、ヴィオレット姫のお母様ね」

「そうなの？　知らなかった！」

玉蘭が大きな瞳をより大きくして、驚いている。

これは割と有名な話なのだけれど、今の今まで玉蘭の耳に入ったことがなかったとは、私の方も驚かされた。

ごほんと、咳払いをして、私は話を続ける。

「ジゼル様が、透李様の元へと嫁ぎに……そう、この千国にいらっしゃったのは、ずっと昔のことだけれど、あの時のことはよく覚えているの。私も、透李さんの婚約を知った瞬間、自分の恋を知ったのよ。そして、もうこれは、完全に失恋だと悟ったわね」

私は、当時の話を玉蘭に語って聞かせた。

あの時はあまりに気落ちして、その喪失感を忘れるために、勉強ばかりしていた。気の流れが乱れに乱れて、一時的に目が見えなくなってしまった。

あの時ばかりは零先生がとても優しくて、目の見えない私の手を引いて外に連れ出してくれたり、自然の美味しいものを食べさせてくれたり、色々と気遣って、お世話をしてくれた。

だけど、あの時の私は、透李さんの本当の思いを知らずにいたのだ。

透李さんが、私のことを想ってくれていたということを。

想いがすれ違ったり、千華街を巻き込む香水事件が絡み合ったりして、最終的に私と透李さんは結ばれて、結婚に至った。

ロマンチックなようで、遠回りした、私の恋。

「でもそれって、失恋じゃないじゃない」

「ま、まあそうなんだけど……」

玉蘭が目を眇め、文句を言いたげな顔をしている。

「でも、失恋の痛みは知っているつもりよ。あの時のことは、いま思い出しても、胸がズキンとするわ」

「………」

「恋をするって、とてもエネルギーのいることよね。それが報われないのだと思うと、自分のあらゆることを否定したくなる。投げやりというのかしら」

「今のあたしのように？」

「ふふ、自覚があるのね。……ええ、それが無気力に繋がったり、違う何かを必死にこなして、忘れようとすることもある。だけどね、どこかで自分の心にけじめをつけて、前を向かなくちゃ」

私は自分の娘の頬に手を添えて、彼女の目を見て、再び問いかけた。

「玉蘭は、どうするの？」

この国の姫として。一人の女の子として。

玉蘭は目をパチパチとさせて、大粒の涙をもう一度ポロッと零した後、その涙を自分の袖で拭った。

「まずは何か食べたいわ。豆菓子だけじゃ、食べた気にならないもの」

「あら、食欲が戻ってきたのね。それはとてもよいことよ」

恋はエネルギーを使う。報われようが、報われなかろうが。

そしてお腹が膨らめば、また力が湧いてくる。

次へ向かう力が。

「じゃあ、今日はお母様が、玉蘭の好きなものを作ってあげる。美味しいものを食べて、身も心も癒し、気持ちを落ち着かせることができれば、次第に自分のやるべきことが見えてくるから」

「腹が減っては戦ができぬ？」

「そうそう。お母様の国のことわざよ。玉蘭、よく知ってたわね」

というわけで、何が食べたいかを聞いてみた。

すると玉蘭は、意外な注文をする。

「んー。じゃあ、お母様の作る天津飯(てんしんはん)が食べたいわ」

「天津飯？　あら意外。あなたのことだから、てっきり異界の珍しい料理でも注文してくるかと思ったわ」

「こういう時は、ほっとするものが食べたいの。お母様の天津飯、小さな頃からよく食べていたし……大好きだから」

「………」

確かに、私は玉蘭に天津飯をよく作ってあげていた。

というのも、玉蘭は卵が好きなのだ。風邪をひいたりして食欲がない時でも、卵を使ったお料理は、確かによく食べてくれていた。

今も、恋の病のようなものだ。

温かくて安心できるものを食べたら、少しは失恋の痛みも忘れられるかもしれない……

天津飯とは、中華風オムライスのようなもの。

シンプルなものは、ご飯と卵があればとても簡単に作ることができる。玉蘭は特に、甘酢あんを使った天津飯が好きだった。

月長宮には日々朝どれの卵が届く。その卵を二個ほど割って、溶きほぐす。

そして、鶏がらのスープとお砂糖とお酢とお醬油、水溶き片栗粉を混ぜた、とろみのあるあんを作っておく。

鶏がらのスープは、王宮の厨房から少し分けてもらった。

王宮の厨房のスープは大鍋で作るのでとても美味しいし、気前よく分けてくださるので、私はよく頂いている。自分で作るのはとても大変だからね。

早速、中華鍋に少し多めのごま油をひき、そこに溶き卵を入れる。

溶き卵をくるくると菜箸で回しながら、ごま油の香ばしい匂いのする半熟っぽい卵焼きを作ったら、それをお米ともち米を半々で炊いたものの上に、サッと被せる。

「まあ、うまく着地したわ」

あまりに綺麗に卵の布団を被せることができたので、自分でも少し驚いた。

その上に、先に作っておいた、とろみのある甘酢あんをかける。そして刻んだネギを散らす。

黄色くフンワリと盛り上がった卵が、食欲をそそる。かなりシンプルなお料理で、だからこそ卵の味を存分に楽しめる。

それに卵は完全栄養食品と言われるほど、栄養のある食べ物だ。必要な栄養素のほとんどが入っている。

しかしこれだけでは物足りないかもしれないので、余った鶏がらスープを使って、生姜と鶏肉と長ネギのスープを作った。これも、玉蘭が幼い頃から、よく作っていた得意の薬膳スープだ。

先に鶏肉と長ネギをじっくり焼いて作る。ネギの甘みが強く、とても体が温まる。

水で戻したきくらげと、赤いクコの実も少し入れると、一層体によい薬膳スープとなる。

失恋ついでに、心身が弱って風邪でもひいたら大変だからね。

美容にもよいスープなので、玉蘭には失恋の痛みを乗り越え、一層、美しく輝いて欲しいという、願いも込めて……

料理を作って、再び玉蘭の部屋を訪れた。

まだ寝台の上から降りることのできない玉蘭は、美味しそうな匂いがしたのか、むっくりと起き上がる。

寝ていたのか泣いていたのか……少しむくんだ顔をしている。

「ほら、ご希望の天津飯よ。しっかりお食べなさい。心が弱って、栄養も取れていなければ、この季節はすぐ風邪をひいてしまうから」

「……うん」

「薬膳のスープと、あなたの好きな、金柑（きんかん）の蜂蜜煮も持ってきたわ」

玉蘭は寝台からのそのそ降りて、机に着く。

そしてまず、生姜の良い香りが立ち上る薬膳スープにふうふうと息を吹きかけ、それを啜った。

「……美味しい」

胃が喜ぶスープを食べたからか、もっと食べようという気になったのだろう。

次に天津飯を口に運ぶ。そして食べる手が止まらなくなる。

ふわふわの卵と、とろみのある甘酢あんは、ご飯を温かいまま包み込んでくれるし、この素朴で優しい味わいが、心に染みる。

食後のデザートには、ペネチアングラスに積み上げた、琥珀色に透ける宝石のような金柑の蜂蜜煮を摘み、パクッと食べる。

これは私の、手作りのものだ。とろみがあって、紅茶などに入れても美味しい。

玉蘭も幼い頃から、これが大好きだった。

それに金柑はビタミンCやカルシウムなど、栄養も豊富だ。この季節、風邪の予防のために作っておいたものなのだが、柑橘類は気持ちを落ち着かせ、癒す効果もあるので、今の玉蘭には必要なのではないかと思っていた。

「食べた、食べた」

玉蘭は空腹を満たし、なんだか満足そうな顔をした後、うっとその表情がゆがんで、また涙が止まらなくなった。

今度は悲しみの涙というより、それを諦めて、次に向かわなければというような、玉蘭の葛藤を感じ取れる涙だった。

「……ええ。泣くといいわ。いっぱい泣いて、失恋の悲しみを吐き出しなさい。泣いて泣いて、気持ちがスッキリしたら、次にあなたが何をしたいのか、考えてみなさい」

私は玉蘭を抱きしめた。

かつて私も、自分の恋を諦めようとしたことがある。

その恋がまだ終わっていなかったことを後から知るのだけれど、あの時、私は私の気持ちに一度ケリをつけた。零先生がそれを手伝ってくれた。

玉蘭にとって、零先生が私にしてくれたような役目を、私が担えたらいい。私たちは、こういうところばかりは、似た者親子のようだから。

まずは、この寝台から降りられるように。

そして、その気持ちにケリをつけられるように。いつもの玉蘭に戻って、好きなことやりたいことに、全力を出せるように。

「ねえ、お母様。恋って、もっと素敵なものだと思ってたわ」

玉蘭がボソッと呟いた。

「あら。これは玉蘭にとって、素敵な恋ではなかったの？」

「だって、胸が痛いばかりよ。気がついたら失恋なんて。本で読んだ恋物語は、もっとロマンとときめきに溢れているのに。現実って難しいわね」

玉蘭が、らしくないことを言う。

改めて、この子が恋を知る年頃になったのだと、その成長を感慨深く思う。

「ねえ。お母様も、そうやって失恋の痛みを乗り越えたの？」

「そうよ。何というのかしら。やっぱり私とあなたは似ているところもあるのね。失恋で酷く落ち込んでしまう」

玉蘭はチラッと私を見て、また私の胸に顔を埋めた。

もう十四歳なのに、それこそ、幼子のように。

私もまた、幼い頃のように玉蘭の頭を撫でていた。

「ねえ、お母様。……あたしは、青龍以上に好きになれる人を、見つけられるかしら」

「そう願っているわ。初恋は尊く忘れがたいものだけれど、一度けじめをつけることができたら、人は前に進めるもの。多くの人に会って、気持ちや考え方に変化が生じる。あなたが前を向き続けていたら、運命の人に必ず出会えるわ」

それは私の願いでもある。

たとえ玉蘭が一国の姫であっても、幸せになれる恋をして欲しい。

「ところで玉蘭。あなたは、青龍殿下にその気持ちを伝えるの？　それもけじめのつけ方だとは思うけれど」

玉蘭は私から離れて、少し考えた。

「……ううん」

そして首を振り、苦い笑みを浮かべる。

「青龍を困らせたくないもの。この恋心は、今日気がついて、今日ここに眠る」

自分の胸に手を当てて、そのように言う。

「明日からは、何事もなかったように、きっと青龍と話ができると思うわ。次に会ったら、おめでとうと言うつもりよ」

私は瞬きもできず、自分の娘を見ていた。

さっきまで幼い子どもだと思っていたのに……。

「どうしてかしら。今、あなたが大人びて見えたわ」

その雰囲気や、言動が。

なるほど。子どもとはこういった場面を乗り越えて、大人になっていく。一つのことがきっかけで、瞬く間に、ぐっと成長するのだ。

　玉蘭は目をパチクリとさせて、今度は風船のようにムウッと頬を膨らませる。

「お母様。あたしのこと、いくつだと思っているの？　もう十四歳なのよ。去年より身長も伸びたし、そりゃあ、大人にも見えるわよ」

「ふふふ」

　思わず笑ってしまい、玉蘭の頭を一層撫でる。

　確かに私は、玉蘭をいつまでも子どものように思っていたかもしれない。

「でも、本当に大人になるには、もう少し落ち着かなければと思うわね。大人はこんな風に頬が膨らむことはないわ」

　そして、ツンと、膨らんだ玉蘭の頬を突いた。

「もう、お母様ったら！　今のあたしは、去年までのあたしよりずっと落ち着いてるわ！　廊下を走らなくなったし、勝手に王宮を抜け出すこともなくなったしね」

「知っているわ。だけど、親にとって、我が子はいつまでも愛（いと）おしい子どもだから」

「あたしのこと、愛おしい？　お母様」

「勿論（もちろん）よ。ずっと、大好きよ、玉蘭」

「……えへへ」

玉蘭は濡れた目元を細めて、笑った。

そして私にぎゅっと抱きつく。うーん、大人びて見えたけれど、まだまだ甘えた子どもだ。

自分を愛してくれる者がいる……そういう安心感を、彼女の表情から感じ取ることができる。

可愛い。生まれた時から、玉蘭は私の可愛い娘だ。

そう。いつまでも、無鉄砲で可愛い子どもでいて欲しい。こちらが想像もできないようなことを、やってしまう子どもでいて欲しい。

希望に溢れた未来と、夢を抱いていて、キラキラした瞳で私を見上げてくれる、そんな我が子であって欲しい。

だけど、酸い甘いの現実を知って、歳を重ねて、確かに彼女は大人になっていく。

大人の考え方や表情をするようになっていく。

そしてきっと、私たちから……

と、そんな時だった。

「おーい……」

玉蘭の部屋を、透李さんが遠慮がちに覗き込んでいた。

これには私も驚いた。すでにお勤めに行ったはずだったのに、なぜ月長宮に戻ってきているのだろう？

「あら、お父様ったらそんなところで何をしているの？」

「女性同士水入らずの話をしているようだけれど、お父様も、いいかい？」

「いつでも入ってくれていいのに」

透李さんはいそいそと入る。なんだか芳醇な、甘酸っぱい香りがする。

そして、玉蘭の好物が入った籠を差し出した。

「わあっ！　美味しそうな林檎！」

小さくて赤い、よく熟れていそうな林檎に、玉蘭はその目を輝かせていた。玉蘭は幼い頃から、林檎が大好きなのだった。

そして一つを手に取って、大きな口を開けて齧る。

「あなた、さっきご飯を食べたばかりなのに、林檎も食べるの？　食欲なさそうにしていたくせに」

「ご飯を食べたら、もっとお腹が空いてきちゃったのよ。きっと胃が活性化されて、空腹を思い出したんだわ」

「あっははは。それはなんというか、玉蘭らしい！」

透李さんったら、笑っている。

だけど確かに、その姿は、さっきまでメソメソくよくよしていた玉蘭ではなく、すでに私たちのよく知る玉蘭そのものだった。

透李さんはそんな玉蘭を見て、穏やかに微笑み、今度は私を見た。

そして耳打ちする。

「君のおかげで玉蘭はもうすっかり大丈夫そうだ」

「そりゃあ、玉蘭ですから」

私もまた、得意げな顔をして、こそっと答える。

今回ばかりは父親が介入しづらい話題だったかもしれないが、透李さんも朝から玉蘭のことを心配していた。

どう足掻（あが）いても、どうにもならない問題だったからこそ、透李さんなりに、玉蘭を慰め、癒したかったのだろう。

しかし玉蘭はただの娘ではない。

一度どん底まで落ち込んだとしても、自分でちゃんと考えて、こうやってすぐに立ち直ることができるのだ。

果実の爽やかな香りが、部屋を満たしている。

私もなんだか小腹が空いてきて、玉蘭と同じように、赤い林檎を齧った。

うん、甘酸っぱい。

それこそ、玉蘭が味わった初恋と、失恋の味を、同時に象徴するかのように。

「…………」

ただ、玉蘭がこうやって前を向く一方で。

私は無性に、胸騒ぎがしていた。

青龍殿下は、国のために、用意された結婚を選んだ。

玉蘭だって、この国の姫だ。

彼女にこの先、どれほどの選択肢があるというのだろう。

幸せな恋と結婚をして欲しいと思う一方で、玉蘭にも、既に決められた道しか用意されていないのではないかというような、予感がある。

私の不安を感じ取っているのか、隣にいた透李さんが、私の肩を抱いていた。

透李さんだけは、力強い表情をしていて、林檎を頬張る愛娘を、愛おしそうに見つめている。

……そうね。

私たちが心配をしたところで、未来のことはわからない。

それに、いざという時は、きっと玉蘭が自分自身で決断する。

今回の、青龍王子のことのように。

そして玉蘭という娘は、ただ運命に流され、翻弄されるだけでなく、自分でサイコロを投げて、選ぶことのできる姫であると、私たちは知っている。

たとえ、悩み、苦しみ、選んだのだとしても。

この先、彼女が新しい恋をする前に、自由のない、決められた結婚相手のもとに嫁ぐことになったとしても。

それが、幸せに繋がっていないとは、限らない。

他人に愛される力、他人を信じ愛する力は、人一倍強いのだから。

私と玉蘭は、失恋に落ち込むような、似たところもある母と娘だが、決して同じ運命を辿(たど)ることはない。

私と、私の母がまるで違う人生を歩み、恋をして、子を産んで、大きな別れを経験したように。

あの人は元の世界へ帰った。

だけど私はこの世界に留(とど)まったように。


玉蘭には玉蘭だけの、運命と人生が待っているのだ。

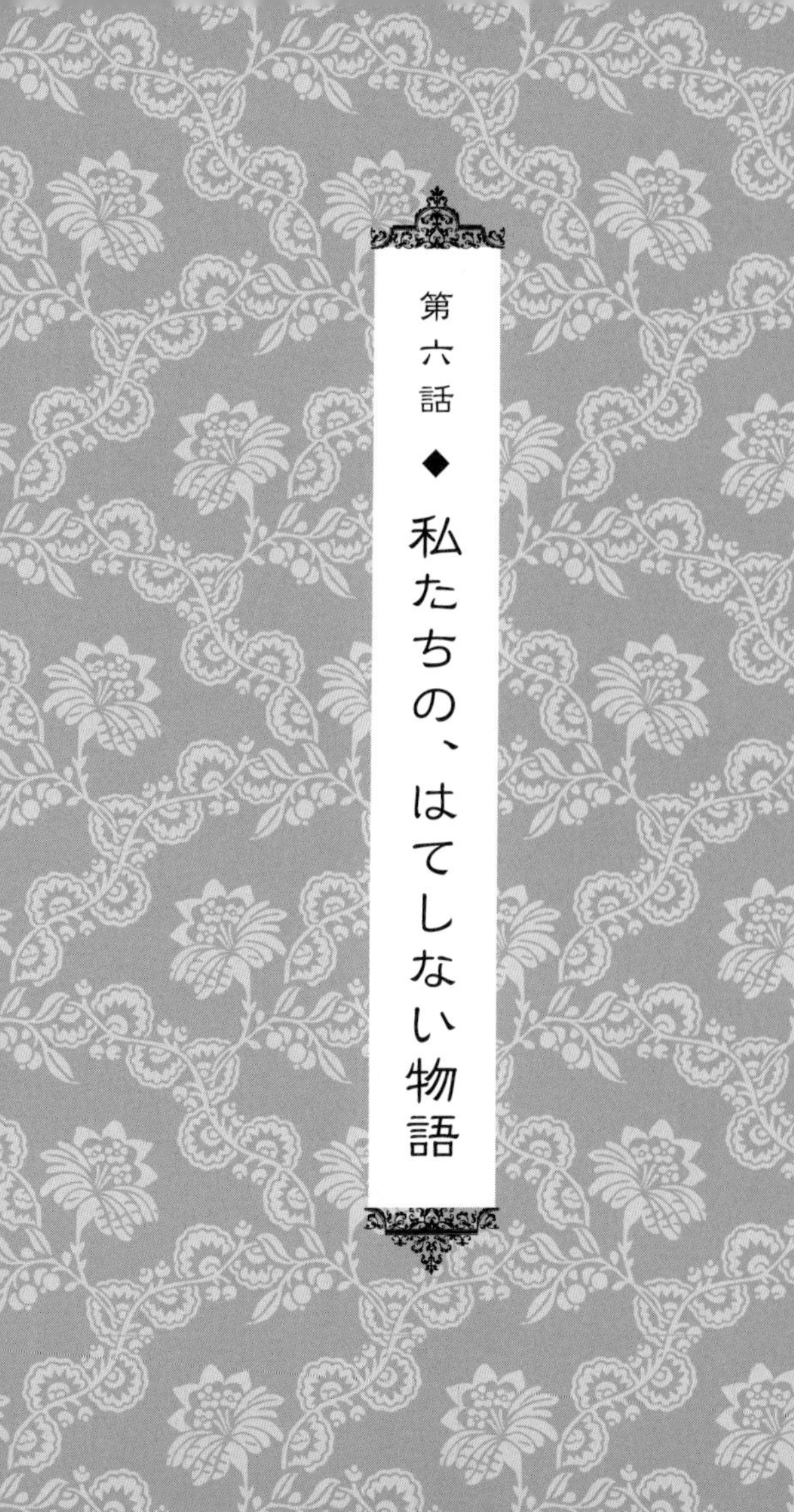

第六話 ◆ 私たちの、はてしない物語

娘の玉蘭が十五歳になるお誕生日の前日。

私は、春の夜によく飲んでいるなつめ酒を飲み、眠りについた。

すると、妙な夢を見た。

夢の中で、無数の桜の木に囲まれた、巨大な鳥居を見上げていた。

桜の花びらがたくさん舞い落ちる中、私は水面に立っている。

水面に映る私は、不思議なことに、まだ夏見千歳だった頃の姿で、黒縁眼鏡をかけている。

もう二十年近く前の姿だからこそ、ああ、若い、と冷静に考えたりする。

若々しく、世界の広さをまだ知らず、自分の殻に閉じこもっていた頃の私。

気がつけば、鳥居の根元に、一匹の黒いウサギが佇んでいた。

久しぶりの再会だ。

あの黒ウサギは、異界とこの世界を結ぶ使者のようなものだったのか、私がこっちに定住すると決めてから、めっきり姿を見せなくなった。

その口に、三日月のような弧を描き、相も変わらず不気味な笑みを浮かべている。

金と銀のオッドアイをした黒ウサギは、小首を傾げて、私に問いかける。


『千歳。満足かい？』

また妙な問いかけだ。

このウサギが何を言いたいのか、全くわからない。

『家族を捨てて、間違いだらけだった自分の、何もかもをやり直して。それで手に入れた人生と世界は、幸せかい？』

ああ、そういうことか。

昔からこんな感じだったけれど、意地の悪い質問をする。

そんなに私に、元の世界に戻って欲しかったのだろうか。

「幸せよ。だけど、何もかもをやり直したというのは、少し違うと思うわね。結局私は、あの頃の夏見千歳の延長線上に立っている。別世界にやってきたからといって、人生の全てをやり直せたわけではないわ。ただ、それは、きっかけだったの」

家族を省みることなく、別の場所で生きていく。

それは別に、異界に招かれることがなくとも、あちらの世界でやってのける人々もいるに違いない。実際、あのままあちらの世界にいたならば、私は家族と向き合うきっかけすらないまま、静かに距離を取り、疎遠になっていただろう。

重要だったのは、自分が生きていけると思える場所に辿り着き、自分でそれを、選択できるかどうかということで。

結局人は、育った場所から旅立ち、新しい居場所を探し求める旅人だ。

巣立ちの時は、誰にでも平等に訪れる。異界に居場所を見つけたからといって、元の家族を捨て、自分の何もかもをやり直したわけではない。

そんなことは、できないのだ。

「私も聞きたいことがあったの。……そもそも、なぜ、あなたは私をこの世界に連れてきたの？」

異界からこの世界にやってくる者は、私以外にもたくさんいる。

私もまた、この黒ウサギに導かれ、この千国にやってきた。

それに意味はあったのだろうか。

『君はちょっと特別なんだ』

黒ウサギは、その耳をピコンと動かした。

『君は異界人の両親を持ちながら、こちらの世界で生まれた。こちらの世界のルールに捕われたまま、あちらの世界に行って、そしてまた戻ってきただけなんだ。君に仙力(せんりょく)が備わっていたのは、そのためだ。厳密に言うと、君はこっちの人間なんだよ』

黒ウサギの話を、私は淡々と聞いていた。

というのも、その確信は私の中で、既にあったからだ。

この二十年の間、多くの異界人と出会い、その研究も進んでいた。私がこちらで生まれたのだと確信に至る話を、吟遊詩人のヴァーユさんにも聞いたことがある……

私があんまり驚かないから、黒ウサギはちょっとつまらなそうだった。

『おそらく君ほど、この世界とあの世界を行き来した人間はいないだろう。だからもう一度、あっちの世界に戻って、君が何を成すのかを見てみたかった。だけど、君はこの世界に留(とど)まった。やりがいのある仕事を得て、恋をして、家族を得た。ハッピーエンドってやつ。だから君のお話は、もう、ここでおしまい』

黒ウサギの力だろうか。

昔の家族の顔が、姿が、桜の花びらの向こう側に見えたりする。

お母さん、お父さん、優(すぐる)君……

暖かな春の気のせいか、とても懐かしい気持ちになったが、それでも私は、あちらの世界に帰りたいというような思いになることはなかった。

『さよなら、千歳。僕は次の場所に行くよ。あちらの世界で居場所をなくし、この世界に救いを求める人は、まだまだたくさんいるからね。君の物語は終わったけれど、人生は続いていく。この場所で、君の運命の旋律を奏で続けるんだよ』


運命の旋律……か。

頭の中で、私がこの世界で最初にピアノで弾いた、ショパンの「幻想即興曲」の旋律が流れ続けている。

黒ウサギは相変わらず貼り付けたような笑顔のまま、ピョコピョコと飛び跳ねながら、巨大な鳥居を越えて見えなくなった。

どこかへと消えてしまった。

あの黒ウサギにそれほど愛着があったわけではないが、その時、私は、私の中にあったはずの何かが、消えてなくなったような気がしていた。

多分これは……未練だ。

＊＊＊

目の奥がズキンと疼いて、私はゆっくりと目を覚ます。

「……どうしたんだい」

「透李さん」

私がいきなり起き上がったからか、隣で寝ていた透李さんを起こしてしまったようだ。

透李さんは、私を見てとても驚いた顔をしていた。

「泣いているよ、千歳」

「え……？」

目元に触れると、確かに濡(ぬ)れている。悲しいという感情が胸に残っていないから、いっそう戸惑った。

「怖い夢でも見たのかい？　凄(すご)い汗だ。拭(ふ)いた方がいい」

「……ありがとう」

透李さんが自分の寝巻きの袖で私の涙を拭(ぬぐ)う。

もう若い夫婦というわけではないけれど、今も変わらず透李さんは私に甘く、私を気遣って、大切にしてくれる。

透李さんが寝台から降りて、窓を開けた。

早朝の春の匂いがする。

まだ薄(うっす)らと暗い時間帯だったが、春特有の胸のざわつきを抑え込みながら、私は長く息を吐いた。

「気分が悪いのかい？」

「いいえ、違うの、透李さん」

心配する旦那様が私の頬を撫(な)でる。

その手を取って、私は一度、目を閉じる。

「いつぶりだったかしら。とても懐かしい人たちの夢を見たの」

「あちらの世界のことかい？」

「ええ、そうよ。最近は思い出すことも、ほとんどなかったのにね。それに、私をこの世界に導いた黒ウサギが現れて、私に語りかけてきたわ。そう、『さよなら』と言って……鳥居の向こうに、去っていった」

　私はどんな顔をしていたのだろう。

　透李さんは眉を寄せ、少しばかり心配そうな顔をしていた。

「大丈夫、透李さん。悲しいわけじゃないわ」

「そうかい？　何だか、君が今にも消えてしまいそうだから」

　そして透李さんは、再び寝台に腰掛けた。

「黒ウサギ……か。この国では玉兎(ぎょくと)とも呼ぶけれど、異界人は、皆が口を揃(そろ)えて黒いウサギに導かれてやってきたというらしいね。おそらく、異界と異界を繋(つな)ぐ神の使者のようなものなのだろう」

「ええ、そうなのでしょうね。あ、でもウサギといっても、そう可愛(かわい)らしいものじゃないのよ。結構不気味というか……だからこそ神秘的というか。新しい人を迎えに行くと言っていたわ。救いが必要な人はまだまだいるんだって。居場所を見つけてしまった私のことには、もう興味がないみたい」

「あはは。それは小気味いいじゃないか。きっと、物語の最後によくある、めでたしめでたし、ってやつさ」

めでたし、めでたし、か。

確かに、今の私は心身ともに満たされていて、ハッピーエンドのその後のようだ。

透李さんが私の額にその額をコツンと当てて、近い場所で私の目を見て、問いかける。

「君は幸せになれたのかい？」

私はそんな彼の頬に手を添えて、問い返す。

「……あなたはどうなの？　透李さん」

すると、透李さんは、歳を重ねても変わらない、少年のような笑顔で言うのだ。

「君がいて、玉蘭がいる。問題は山積みでも、千国はなんとかやっている。兄弟も信頼しあっていて、頼もしい。かつての王宮内の混乱が、嘘のように遠い。……これ以上、望むものなど何もないよ。要するに、俺にとっても、めでたしめでたしということだ」

そして彼は、軽く私に口付ける。

日々そうやって、素朴な愛情を伝え合い、私たちは今も変わらず、仲がいい。

「あとは玉蘭が、あの子のまま幸せになれるよう、俺たちにできることをやるだけだ。千国に住んでいると、その実感がないかもしれないけれど、世界はとても緊迫していて、混沌としつつある。たった一つの病がきっかけで、世界は大きく動くんだ」

「……ええ、そうね。おそらく玉蘭の時代が、もっとも大変でしょうから」

そう。

約三年前、この国にも密かに知らされた〝黒雲病〟の存在。

西方の北側で発生したその病は、黒い雲のような、濃淡のあるアザが身体中に浮かび上がることから、そのように呼ばれているという。黒雲病にかかった者は、高熱や頭痛、身体中の痛み、吐血などで苦しみ、五割の者が死に至る。

それは、この世界にしか存在しない特殊な菌が、ネズミやノミなど、特定の動物や虫に嚙まれることで感染する病だ。また、この病に感染した人から、他の人へ飛沫感染するという。

それは西方諸国で大きなパンデミックを引き起こし、多数の死者を今もまだ出し続けている病だ。またこの病が原因で、人と人、国と国とが疑心暗鬼に陥っている。

千国でも、貿易船は海上で四十日間の停留期間を設けているし、黒雲病の媒体となっているネズミの駆除を国中徹底し、衛生面での整備を急いだ。これは零先生の提案があったからこそ、早い段階で打てた対策だった。

そのおかげで、この三年の間、千国における黒雲病の感染が確認できた者は、港町で十二人、千華街で五人と、極めて少人数で抑え込まれている。

とはいえ、この病に効果的な薬はまだ作られておらず、発症した場合の致死率が高いことから、千国でも死の病として非常に恐れられている。

零先生曰く、こういう病が発生した場合、二十年は混乱を覚悟しなければならないらしい。

零先生は、かつてもこういった感染症が蔓延したことがある、と言うのだ。

ただ、西方には異界人の医者や技術者が多くいるため、薬の開発は、今までの歴史より少し早まるのでは、とも言われている。既に治療に効果的な抗生物質が生み出されたとの報告もあり、それによって一人でも多くの命が助かればと、心から願っている。

しかし、一度起こってしまった感染病による混乱。疑念。

それは緊張状態にあった国々の本音や思惑を露わにし、諍いや、戦争をも引き起こすことがある。既に西方のいくつかの国々が衝突しているという。

零先生はそういう場面を、何度も何度も見てきたのだろう。

ゆえに、この先、病で死ぬ人間以上に、人と人とが争うことで亡くなる命の数を、嘆いているようだった。

この先、世界は混沌とする。

各国の国王、首相、大統領は様々な選択を強いられることになる。

千国だって例外ではない。

そういう政治的な選択に、渦中に、玉蘭が巻き込まれないようにと、透李さんも私も願っている。それはなかなか難しいと、わかっていながら。

「玉蘭には、何一つ悲しいことのない人生を送って欲しい。あの子には笑顔が一番似合うからね」

「ふふっ、透李さんって本当に、玉蘭に甘いわね。玉蘭だってもうお年頃だもの。まだ縁談のお話はないけれど、お嫁に行く時が大変そうだわ」

「あれ。もしかして嫉妬かい？」

「いいえ。嬉しいのよ」

隣にいる透李さんの腕に身を寄せ、その肩に頭をもたせかけながら、私もまた、切実な願いを抱いていた。

「できる限り、あの子が幸せになれる道を探してあげたいわ。……もしその時が来ても、私たちは零先生のように、あの子の選択を尊重して、背中を押してあげられる親でありたいもの」

「……そうだね。俺たちなら、きっとそういう親になれるよ。玉蘭が安心して、自分の道を選べるように、今の今までたくさんの愛情を注いできたのだから」

王族として、一人の娘の父と母として。

私たちもまた、その時が来るのを密かに覚悟していた。

だけど、その時というのがもう目前に迫ってきていることを、この時の私たちは、まだ知らずにいたのだった。

「……え？　常風国の新皇帝が、玉蘭を妃に……？」

青火陛下に呼び出され、私と透李さんは、陛下の御前でその用件を聞いて、しばらく唖然としていた。

そう。青火陛下は、宮殿の空中庭園に出たところで、私たちにその話をしたのだった。

玉蘭と、常風国の若き皇帝との、縁談の話だ。

「お前たちが驚くのも無理はない。ここ十五年ほど、千国と常風国は距離を取っていたし、関係は悪化の一途を辿っていたからな。しかし前皇帝の代で悪化した千国との関係を、新しい皇帝は修復したいと考えているようだ。そこで、千国の姫……すなわち玉蘭を妃の一人に迎えたいと言っている」

「…………」

私も、透李さんも、言葉を失った。

だって、それは……

「ですが、それは」

透李さんが、グッと拳を握りしめる。

「それはすなわち、人質ではないですか、兄上」

その言葉に、私もまた、気が遠くなりそうだった。

——そう。

異国に嫁入りする王家の花嫁とは、人質の意味合いも強い。

両国の関係が安定し、良好であれば異国への嫁入りは名誉なことだが、千国と常風国とは、今までずっと関係が不安定だった。

皇帝が変わったからといっても、この十五年で生まれ、膨らんだシコリは、今後もずっと残り続ける。

常風国にとって千国が意にそぐわない選択をしたり、行動を起こした時、玉蘭があちらで罰せられたり、処刑されたりすることも十分に考えられるのだ。

そして青火国王陛下は、この国のためであれば、それを厭わないだろう。

もしくは、玉蘭が常風国の妃として、この千国を裏切らざるを得ない日がやってくるかもしれない。

これはそういう、苦悩を強いられる立場に置かれるということだ。

「常風国は、千国に比べて、領土の大きさも、人民の数も、比べものにならないほど大きい。加えて新皇帝が立ったことで、この先どのような国になるかが想像できない。ここで関係を修復できるのなら、千国にとって、願ってもない好機であるのだ。どう足掻いても、我が国は常風国を祖とするのだから」

それは、陛下のおっしゃる通りだ。

千国は常風国とは距離を取っていた形だが、あの国は皇帝が変わる度に、国のあり方が変わっていく。

千国にとって、関係を修復するのであれば、今しかないと言えるのだ。

今、世界は混迷の中にあり、西方では死の病が猛威を奮っている。

千国がどれほど情報を駆使し、経済力をつけ、病による混乱を避けようとしていても、いざ戦争が起きてしまったら軍事力ではどの国にも劣るのだ。

常風国が千国との関係を修復したいと願ったのも、そこに迫った未来のため……

「お前たちも知っているだろうが、西方では戦争の兆しがある。おそらく、とても大きな戦争が起こるだろう。東方がこれに巻き込まれる可能性は十分にある。我々は我々で、最悪の事態に備えて、打てる手を打っておく必要があるのだ」

青火国王陛下は私たちの方に向き直ると、変わらず凛々しい表情で、しかし感情を感じさせない淡々とした声音で述べた。

とはいえどこか、申し訳なさそうに眉を寄せている気がする。

命令してしまえば、私たち夫婦は従う他ないのだが、こうやってまず話をするところが、青火陛下らしいと思う。

一方で、陛下が玉蘭に期待する、切実な思いも伝わってきた。

「玉蘭は誰にでも心を開き、そして多くの者に愛される才能を持っている。何より、世界に目を向け、異国や異界、異文化というものに対する好奇心が旺盛だ。それはこの国を出て嫁ぐことで発揮される長所だろう」

まあ、姫にしてはお転婆すぎるが。

馴れ馴れしすぎるところもあるが。

年齢の割に、子どもっぽいところもあるが……

などなど、青火陛下なりに気になるところも連ねつつ。

「千国と常風国の喧嘩の後始末を、玉蘭に全て背負わせるつもりはない。しかし、それでも酷な話だとは思う。危険な立場であることも否定しない。ただ俺は、玉蘭という娘に賭けてみたいと考えているのだ。千国と常風国を繋ぐ架け橋という役割は、もはや玉蘭にしか務まらないだろう」

「…………」

例えば、常風国の新皇帝と玉蘭の間に、男子が誕生したとする。

そうすると、その子が次の常風国の皇帝になる可能性が出てくる。

青火陛下は、この機会を、千国としても逃すまいとも考えているのだろう。そしてそれができる立場の姫は、今のところ玉蘭しかいない。他の姫たちは、すでに縁談話が固まっていたり、嫁ぐには若すぎたりするからだ。

常風国も、異界人である私と千国の王弟である透李さんの間に生まれた、稀有な立場の玉蘭を望んでいるという。玉蘭を、あちらから指名したのだと……

ああ。

いつかは、玉蘭がこの国の姫として、役目を果たす時が来るとは思っていた。

だが、それが、こんなにも難しく、困難な立場を強いられる役目だとは、思いもしなかった。

「お前たちにとっては、玉蘭が愛おしい一人娘であることに変わりはない。ここまで言っておいて何だが、無理強いするつもりはない。俺もあの娘をずっと見てきた伯父の立場だ。あの娘が幸せになれないことがあれば、あの世の蝶姫（ちょうき）にも、顔向けできぬからな。ただ……俺には玉蘭が、自分からこの道を選ぶような予感があるのだよ」

青火陛下は、伯父として、この国の王として、玉蘭を生まれた時から見守ってきた。

ゆえに、玉蘭のことをよく知っている。

そして、彼のその予感は、きっと当たる。

私も、透李さんも、そんな気がしてならないからだ。

かつて、この国にいた蝶姫様は、千国の姫としてこの役目を本当は全うしたいと思っていた。そしてそれができないことを、最後まで嘆いていた。

玉蘭はその姿をずっと見てきた。そして蝶姫様のできなかったこと、成し遂げたかったことを成すことを、一つの使命としているところがある。

しかしそんなことは関係なく、この千国を出て、広い世界を知りに行きたいと、あの子は考えるかもしれない。

一国の姫とは、いざという時、選ぶもの。

困難な道を選んでおいて、そこを持ち前の明るさで、軽々飛び越えていくような……玉蘭とはまさに、そういう姫であると、誰もがわかっていたのだった。

私は月長宮(げつちょうきゅう)の窓辺で、袖で顔を隠しながら、一人静かに泣いていた。

そんな私を、透李さんが抱き寄せる。

「すまない……っ、すまない千歳。こんな悲しい思いをさせるために、君を妃にしたのではないのに」

「……いいえ。透李さん。これは最初から、覚悟しなければならなかったことだわ。玉蘭が生まれた日から」

だけど、私が好きな人と結ばれた一方で、玉蘭はその恋を叶(かな)えることはできない。

それがとても、とてもかわいそうに思えたのだった。

「玉蘭は、好きな人とは結ばれず、やりたいこともできなくなる。常風国の後宮(こうきゅう)に入ってしまえば、あの子はきっと窮屈な思いをするでしょう。あんなに、自由を愛している娘なのに。世界中の風に、愛されている娘なのに」

常風国は後宮制度が徹底しており、皇帝は多くの妃を迎える。

玉蘭だって、結局はその一人だ。皇帝の寵愛を受けられなければ立場がなくなり、男子を産めなければ、惨めな思いをすると聞いたことがある。

それに、不自由さはこの千国王宮の比ではない。

あの国は、あの王宮は、新皇帝が立った今でも旧皇帝の支持者や反乱分子がいて、混沌としているという。

きっと様々な争いにも巻き込まれて、危険と隣り合わせの中で、日々を安心して生きていくこともできない。

そんな場所に、私は玉蘭を送り出さなければならないというのか。

それが私の役目であると……

「大丈夫よ、お母様、お父様」

だけど、葛藤する私たちの前に、玉蘭は堂々とした姿で現れた。

その表情は凜（りん）としていていて、すでに全てを知っていることを物語っている。

それでいて彼女は、十五歳とは思えないほど大人びた、だけど力強い瞳をしていた。

「あたし、常風国に行くわ！　それがあたしにできる、千国の姫としての役割ならば」

「玉蘭……」

玉蘭は自分の胸に手を当てて、私たちに告げる。

私は小刻みに顔を振っていた。そして我が子に縋（すが）ってしまう。

「で、でも、玉蘭」

「あのね、お母様。あたし、かわいそうなんかじゃないわ」

「…………」

「千国では多くの人に愛されて、育まれて、大切にしてもらって、十五の歳まで何不自由なく育ったわ。そりゃあ嫌いなお勉強や、苦手なお稽古もあったけれど。お父様とお母様の教えや、愛情は、この先もあたしの支えだもの」

玉蘭は、戸惑っている私の……この母の手を取って、まるで慰めるように言う。

「あたしは知らない国に行き、知らない世界を知って、まだ見ぬ人々に出会うの。あの国に嫁ぐことが不幸になるなんて、誰が決めたの？　きっとこれが、あたしの望んだ冒険なのだわ」

玉蘭の目を見て、私は悟った。

ああ、この子はもう、子どもではない。

落ち着きがなく、お転婆で、心配ばかりだった幼い少女は、使命を前に自身を奮い立たせ、大人の階段を駆け上がって行く。

その速度は、きっと私が思っているより速く、もはや手が届かない。

この先、この子にどんな困難が待ち受けようとも、私たちの娘は、きっと逞しく、しなやかに、荒波を越えて次の時代を生きていく。

それを信じて、母として、送り出すしかないのだ。

「……玉蘭。それは、あなた自身が決めた人生？」

「勿論よ。あたしが、嫌なことを泣く泣く受け入れるような姫だと思って？　そんな姫だったら、もっとピアノも上達したでしょうね」

泣きはらした私の顔を、娘の玉蘭が覗き込む。

……ええ。本当に。玉蘭の言う通りだわ。

私もそうやって、自分自身で、知らない世界で生きていくと決めた。

自分で、覚悟して決めたことを、周囲の人間が止める資格などないのだ。


幸いなことではあるが、玉蘭と共に、零先生とその弟子のアレンが、千国の使者としてしばらく常風国へと派遣されることとなった。

西方諸国で蔓延している〝黒雲病〟の調査と、常風国への薬術支援のためである。

これは玉蘭にとっても私にとっても、心強いことだ。

零先生が、しばらく千国からいなくなる。しかし何があっても、零先生が玉蘭の側にいてくれるのであれば、私や透李さんはとても安心できる。おそらく、青火陛下の計らいでもあるのだろう。

その間、千華街の水仙堂（すいせんどう）は、零先生の助手である蓮蓮（れんれん）と、その弟子の桃霞（とうか）が任されることとなる。

蓮蓮は既に凄腕の薬師（くすし）で、千華街の住人たちの信頼も厚いので、零先生も安心して任せることができるのだろう。

こういう時、身動きのできない我が身がもどかしい。

しかしこの先は、私も宮廷薬師の一人として、国のため、世界のために、ここでできることを頑張るつもりだ。

それが巡り巡って、娘を守ることに繋がると信じて。

玉蘭の旅立つその日は、私が思っていた以上に、早くやってきた。

この日まで、玉蘭は荷造りをしたり、常風国に嫁ぐにあたって必要な花嫁修業をしたりしなかったりしたが、準備などどれほどしていても、いざその日がやってくると、本当に、あっという間だと感じる。

「行ってくるわね、あたしの御神木！」

その日、玉蘭は朝から庭に出て、白木蓮の木や、その周囲で育つ植物たちに、別れの挨拶をしていた。

月長宮の白木蓮は、玉蘭の名前の由来にして、玉蘭が生まれてからずっと彼女のことを見守り続けてきた木である。それこそまるで、母のように。

玉蘭は、白木蓮と花嫁衣装を思わせる絹の衣服を纏っていた。

そして、千国の姫君が異国に嫁入りする際に乗る輿に乗り、千華街を下って行く。

千華街の住人たちは、玉蘭のことを盛大にお祝いしながら、歓声と共に、姫の乗る輿に四方八方から花びらを撒いて送り出す。

玉蘭の名代冠花である白木蓮の花びらだ。これは我が国の姫君が他国に嫁入りする際の、儀式のようなもの。

白木蓮の花びらが、柔らかな風に吹かれて千華街を白に染める。

とても柔らかな、春の日差しのような白。今日ばかりは、青焔ではなくこの花が千華街の主役だ。

白の花びらが敷き詰められた道が、ずっとずっと続いて見える。

千華街を、その輿が下りてしまうまで。

千華街の麓から港町までは、この国で最初に通った鉄道に乗って向かう。

今や、千国には至る所に鉄道が通っていて、国民の多くが利用する交通手段となっている。

しかし玉蘭は今まで乗ったことがなかった。

嫁入り衣装のまま、興奮して汽車の窓から身を乗り出すなどして、周囲の心臓を破れさせかけた。

「ねえ、お母様！　ジョバンニとカンパネルラが乗った汽車も、こんな風だったのかしら！」

玉蘭が話しているのは、『銀河鉄道の夜』のことで、ジョバンニとカンパネルラは、その登場人物である。

あの童話は、玉蘭のお気に入りの異界の物語の一つだ。

私もまた、玉蘭とたくさん話をした。この汽車に乗っている間だけは、親子水入らずの個室で、彼女の手を握り続け、その頭や頬を撫でたりして、何気ない会話を交わすことができた。

そんな中で、玉蘭の笑顔や瞳の色、よく動く口や、楽しげな横顔、長く艶やかな黒髪などを、目に焼き付ける。

きっと、玉蘭もそうだったに違いない。私たちを記憶しようとして、一生懸命、その瞳で父と母を見つめていたと思うのだ。

ずっと、この子と一緒にいたい……

だけど、夢のような時間はすぐに過ぎ去り、港町に着く。

港には、すでに常風国へと向かう、千国の船が泊まっていた。

船の前で、私たち親子は、別れの挨拶をしなければならなかった。

もう、あまり時間は、残されていなかった。

「お父様。どうかお元気で。あたしのわがまま、たくさん聞いて、たくさん甘やかしてくれて、愛情を注いでくれて、ありがとう。いつまでもお母様と仲良しでいてね。喧嘩したところなんて見たことないけど、お母様と喧嘩なんてしないでね。いつまでもあたしの素敵なお父様でいて。そしてあたしのこと、時々でいいから思い出してね」

玉蘭は自分の父を見上げて、その大きな瞳をうるっとさせていた。そして、昨日書いたのだという手紙を、透李さんに手渡す。

「ああ、ああ。絶対に忘れないとも。毎日玉蘭の幸せを願っているよ。行っておいで。可愛い我が娘」

透李さんは一度だけ愛娘の頬を撫でると、あるものを彼女に贈る。

「これは……？」

「玉蘭のために作らせた短剣だ。常に、肌身離さず持っているように。きっとお前を守ってくれるだろう」

玉蘭はその短剣を鞘から抜き取り、真っ青な空に掲げる。

太陽の光を浴びて、その切っ先が眩く煌めいた。頼もしい刃を前に、玉蘭は不安で陰りつつあったその表情を、ぱっと明るくさせた。

「ありがとう、お父様！　何て美しい剣かしら。お父様の燃えるような赤髪と、同じ色の宝石もはめ込まれているわ。これを見たら、いつもお父様のことを思い出すわ。お父様が、きっとあたしを守ってくれるって」

玉蘭は短剣を鞘に収め、それを抱いたまま、父の胸に飛び込んだ。

透李さんはそんな娘を、大きな腕で受け止め、抱きしめた。

「寂しいよ、玉蘭。明日から、もう会えないなんて。お前の声が、聞けなくなるなんて」

きっともう、こんな風には会えなくなるし、触れられなくなる。

最後だと覚悟して、透李さんが自分の娘を抱きしめているのが、私にはわかった。

「玉蘭」

「お母様……」

私が名前を呼ぶと、玉蘭は名残惜しそうに父から離れ、私に向き合う。

私にも透李さんと同じように手紙を手渡すと、いよいよ、言葉を詰まらせていた。

私はそんな玉蘭に、ただただ微笑(ほほえ)みかけ、あるものを差し出す。

それは日記帳だった。三冊の日記帳。

「玉蘭、これを持っていきなさい」

「これ……」

「一冊は私の日記帳。もう一冊は私の母の日記帳よ。要するにあなたのお祖母様の日記になるわね」

「……お祖母様の？」

「ええ。私は今まで、自分の母の日記帳に、多くのことを導かれてきたわ。きっとあなたの役に立つ時が来るでしょう。これから、あなたの母とお祖母様の日記帳が、玉蘭のことを守ってくれるからね」

私はまず、二冊の日記帳を玉蘭に手渡した。

私は、玉蘭が生まれたその日からずっと、日記をつけていた。

日常の他愛のないことから、玉蘭のやらかした事件、言った言葉、私や透李さんとの会話、彼女の癖や寝言まで。

玉蘭が常風国に行くとわかった日から、今度は日記帳を遡って読み返しながら、彼女の好きな物語の一節や、好物のレシピ、仙茶の作り方、音楽の譜面など、できるだけ多くの情報を書き加えた。

そして玉蘭の生まれた日のことを思い出す度に、私の日記帳には涙が零れた。もしかしたら、その跡もあるかもしれない。

これは、私たちが確かに親子であった証。

あなたが愛された証。

こうやって、玉蘭が遠くへ嫁ぐ日がきたら手渡すつもりでいた。玉蘭は二冊の日記帳を受け取ると、目をパチパチと瞬かせている。

「そして最後の一冊は、真っ白な、何も綴られていない日記帳」

私は三冊目の日記帳を、玉蘭に差し出す。

それは何もかもが真っ白な日記帳。白革で守られた、白紙の日記帳。

「この真っ白な日記帳には、あなたのこれからを記しなさい。あなたなら毎日、小さな発見をしていけるでしょうから、そういうものを記しなさい。そうやって、繋がっていくの。私たちの物語が」

「あたしたちの……物語？」

「ええ、そうよ」

私の母がこの世界に来たのは、約四十年前。

私がこの世界に来たのは、約二十年前。

次の二十年を玉蘭が担い、そして次の時代に繋いでいく。

私たちの書き記したものが、些細なことかもしれないけれど、生きる上でのヒントや励ましになればいいと願って。

三冊の分厚い日記帳を手に、玉蘭の大きな瞳が見開かれる。

その瞳の煌めきに、私は彼女の未来を、無限の可能性を見た。

その細く小さな肩を抱き、私は玉蘭に伝えきれるだけの言葉を、紡ぐ。

「決して、挫けないでね、玉蘭。泣きたくなったら日記を読んで、私たちのことを思い出しなさい。悲しいことがあったら、自分の日記にそれを吐き出すの。あなたにはまだ見ぬ出会いがたくさんあって、きっと、あなたの冒険の先で、母や父より大切な人たちができるわ」

「お母様……」

「そういう人ができたなら、その想いをしっかり温めて、自分に嘘だけはつかないでね。自分の選んだ道に、決して、後悔などないように」

私のこの言葉を聞いて、玉蘭が堪えきれずに涙を流す。

大粒の涙がボロボロと零れて、玉蘭の顔や美しい衣服を濡らしてしまう。

「お……っ、お母様とお父様以上に大切な人など、できる気がしないわ……っ」

「今、そう思ってくれるだけで十分よ」

だけど、玉蘭はこれから、まだ見ぬ家族と出会っていく。

嫁ぎ先の、常風国の皇帝陛下かもしれない。

未来に生まれてくる我が子のことかもしれない。

あちらでできる友人たちのことかもしれない。

それは、巨大な国家の、民のことかもしれない——

そう。玉蘭は旅に出て、その先で、私たち以上に大切なものを、数多く見つけていく。

それは悪いことではなく、とても健全なことなのだ。

私は泣く玉蘭の涙を、袖で拭って、今度は彼女の後ろで静かに私たちを見守っていた零先生に顔を向ける。

「零先生。どうか、玉蘭のことをよろしくお願いします。どうか」

「……わかっている、千歳。案ずるな、この娘には、お前の母の代から引き継がれてきた、この世界の命運が託されているのだろう。そういう者は、世界の多くのものに守られている。

俺はそれを確信している」

「零先生……」

「それに、お前と透李の娘が、そう簡単に挫けるはずもない。きっとすぐに、多くの味方に恵まれて、新天地に居場所を築いてしまうだろう。頑丈に生まれたし、生きる力は、お前の比ではないくらい、強いものを持った娘だからな」

零先生にそう諭されて、私はやっと、心から安堵した。

零先生のおっしゃる通りだと思ったからだ。

玉蘭はとても強い。強い心を持った娘だ。

何より未来への希望を忘れていない。

どんな場所にも、幸せや希望を見出すことのできる、娘――

だからこそ、この国の命運を託された。

そうして私は、彼女の背中を押したのだ。

「いってらっしゃい、玉蘭。あなたの幸せを探しにゆきなさい」

いってらっしゃい、私の娘。

まだ見ぬ誰かと、世界の広さを、知りにゆきなさい。
あなたの望んだ冒険を、あなたの望んだ物語を、威風堂々と歩みなさい。
かつて、私も零先生のもとを旅立つ時があった。
あの瞬間の寂しさと切なさを忘れたことはない。
だけど玉蘭は、私と零先生の時よりずっと、ずっと遠い場所へと行ってしまう。
それでも玉蘭は、涙を自分で拭って、桟橋から船上への階段を駆け上がる。
「…………」
いつか、玉蘭が私たちのもとから旅立つ日が来ると覚悟はしていた。
それでも、いざその日が来ると、どうしても寂しい気持ちが優(まさ)ってしまう。
可愛い娘。いつまでも、私の子どもであって欲しいと、心のどこかで願ってしまう。
だけど、我が子が巣立ち、大人になっていくのを止められるはずもない。
すでに玉蘭は、希望を胸に、遠い場所を見ているのだから。

「いってきます、お父様、お母様！　今まで、たくさんの愛をありがとう！　どうかいつまでも、お元気で！」

甲板から、白い衣装を身に纏った玉蘭が私たちを見下ろし、手を振っていた。

あれは決して花嫁衣装というわけではないのだけれど、私たちは確かに、花嫁姿の玉蘭を見た。巣立ってゆく、立派な姿を。

私たちも、大きく手を振り返す。

見送りに来てくれた者たちが、みんなして玉蘭を見送っている。玉蘭の後ろには、私が父と慕う零先生の姿もあった。

玉蘭をよろしくお願いします、零先生。

この国にお戻りになるまで、どうかお身体を大切に。

私と零先生は少しの間、視線を交わした。零先生は小さく頷いた。

そうして長い汽笛が鳴って、船が軋み、波に揺れ、動き始める。

ああ……

どんどん遠ざかっていく。玉蘭は黒く長い髪を海風になびかせながら、ずっとずっと、こちらに手を振っていた。

波の音と、海鳥の鳴き声。

決して静かではないのに、無言の時間が、長く続いていた。

隣にいた透李さんが、やっと口を開く。

「毎日、当たり前のように見ていたあの子の姿を、明日から見ることができないなんて……。しばらくは、寂しくて仕方がないだろうな」

「ええ……そうね」

頷いたそばから、寂しい気持ちが、じわじわと押し寄せる。

だけどこんなものじゃない。

きっとこの気持ちは、明日、明後日と大きくなるだろう。

「でもね。その分、次に会う日が楽しみだわ。何年後になるかわからないけれど、きっとあの子の立派な成長ぶりに、私たちは感激するのでしょうね」

「……そうだね。何もこれが、永遠の別れというわけじゃない。零先生が戻ってきた時に、玉蘭のどんな話が聞けるのか、まずはそれを楽しみにしようか」

「ふふっ。そうね。きっとあちらの国でも、色々とやらかしてくれそうなのが、玉蘭だものね」

私と透李さんは、涙で潤んだ目を見合わせて、クスッと笑った。

次は、私たちが玉蘭の紡ぐ物語を楽しみに待ち、見守る番なのだろう。

そうしてまた、広大な海の、遠いその先を見た。

人生の砂漠を私は焼けながらさまよう、
そして自分の重荷の下で呻く。
だが、どこかに、ほとんど忘れられて、
花咲く涼しい日かげの庭のあるのを私は知っている。

だが、どこか、夢のように遠いところに、
憩い場が待っているのを、私は知っている。
魂が再び故郷を持ち、
まどろみと夜と星が待っているところを。

ヘルマン・ヘッセの詩が、この時、なぜだか頭に浮かんでいた。

先ほど玉蘭に手渡した、私の母の日記帳に認められていた詩だ。

……いつか。

あの子が人生という名の冒険の途中、ふと、千国という麗しの島国を、故郷を思い出し、焦がれる日が来るかもしれない。

あの子はまだまだ若い。

父と母を恋しく思うこともあるだろう。

私たちもそうだ。あの子をいつまでも、いつまでも恋しく思う。

だが、人生の節目に、サイコロを投げるのは、自分自身だ。

それを誰かに委ねてしまうほど、あの子も私も弱くはなかった。


お母さん。

あなたは私がこの世界に戻り、母となった姿を想像していましたか？

私が今、このようなことで悩み苦しみ、そして自分の娘の成長を嬉しく想っているとは、夢にも思わなかったのではないだろうか。


それと同じように、きっとこの先、玉蘭にも私の考えの及ばない苦悩や、悲劇、そして喜びと幸せが待っている。

どこまでも続いていく。

私たちの、はてしない物語。

私にできることと言えば、異国へ旅立つ娘の、未来の物語を、この国から想像し続けることだけだ。

あなたの幸せを風に問いかけながら、願い続ける。

母として、永遠に。

＊＊＊

その後の話を少ししよう。

私は玉蘭を送り出した翌年、新しい命を授かった。

高齢出産だったが、無事に第二子を出産し、その男の子の名前を、この国に帰って来たばかりの零先生に授かった。

零先生は、その男の子を、森羅と名付けた。

森羅は透李さんに似た赤髪で、玉蘭と違って大人しい子だったけれど、ふとした時に見せる表情が玉蘭に似ている気がして、ハッと驚かされたりする。そしてどうしようもなく、懐かしくなる。

森羅が生まれた三年後。

今度は常風国に嫁いだ玉蘭が、なんと三つ子を出産したという知らせが入った。三つ子というところが、パワフルな玉蘭らしい。

玉蘭はどうやら、常風国の皇帝とも良い関係を築いているようだ。

十歳も年上の夫に対し、物怖じしない言動をする玉蘭のことを、あちらの皇帝は非常に物珍しく思い、気に入っているのだという。

零先生曰く、玉蘭の明るい性格は、常風国に新しい風を吹き込んだとか。

異界人への考え方。異文化への考え方。

対立してばかりいた他のお妃様たちの仲を取り持ったり、上手く渡り合ったりして、地道に関係を築いているらしい。

常に風の吹く国というのは名ばかりに、閉め切った部屋のような、籠った空気が沈殿する国だ、などと言われていた常風国。

そこで、窓を開け放ち、風を浴び、新鮮な空気を吸って、外の景色を見るように導くのが、玉蘭だ。

きっとそれが、あの国における、玉蘭の役割だったのだろう。

私たちはお互いの国で、一人の妃として、できる限りのことをしながら、自分の信じた道を進んでいる。

そして時には空を見上げて、お互いのことを想いながら、幸せを祈っている。

はてしない、はてしない人生の物語。

私と玉蘭が再会したのは、彼女が常風国に嫁いでから、約十年後のことだ。

その先も、決して幸せなことばかりではなかったし、時代はますます混迷していく。

そう。私が元いた、あちらの世界と同じ歴史を辿っているのではないかと思うほどの、世界を巻き込んだ大戦が始まってしまう。

それも、異界からもたらされた知識や技術をもとに作られた、いくつもの兵器を利用して……。

だけど、これはまた別のお話。

私は千国の妃の一人として、薬師として、異界より招かれた者として、その後も成すべきことを成し、守りたいもののために、生きていく。

千歳の物語は、ひとまずこの辺で幕を下ろそう。

そして今日も、どこかで誰かが、忘れ去られた鳥居を潜り――

新しい物語が幕を開ける。

あとがき

こんにちは。友麻碧です。

「鳥居の向こう」シリーズ第五巻、お手に取っていただき誠にありがとうございます。

本編完結巻ということで、今回はあとがきを書かせていただくことになりました！

こちらの物語の誕生秘話など、お話しできたらと思っております。

幻冬舎さんから執筆のお話を頂いたのは、かれこれ六年ほど前でしょうか。

最初に提出した企画は、美大生と美味しいご飯、というような現代もののお話だったのですが（友麻は実は美大出身ということもあり）、担当の編集者さんが代わるタイミングで、この鳥居の向こうのファンタジー企画を出し直したのでした。

鳥居の向こうは、知らない世界でした。

こちら本作のタイトルでもありますが、このままコンセプトとして、頭にポンと浮かび上がった瞬間があったのですよね。

誰しも、鳥居を越えて見知らぬ世界に行くような妄想をしたことがあるのではないか、などと思いまして。私はありますね。主に中学生の頃に……

そこで編集さんに企画書を提出しまして、そのままの勢いで書き上げたのが、「鳥居の向こう」シリーズの第一巻でした。もちろん続巻を出したいという気持ちはありましたが、この時は一巻でも完結できるような作りにして、書きたいエピソードをたくさん詰め込んだせいで、一巻がとても分厚くなった思い出がございます。

発売後は、ありがたいことにたくさんの方に読んでいただけ、第二巻、第三巻……と、順調に執筆をさせていただくことになりました。

私の他のシリーズは、物語上での約一年から二年ほどの間を、順を追って描くパターンが多いのですが、「鳥居の向こう」シリーズは、千歳（ちとせ）という主人公の、人生における重要なエピソードを切り取って描くような作り方をしており、子育ての時代まで描くことができたのは千歳が初めてです。

子育てどころか、最後は我が子の旅立ちを見送るところまで描けたので、私としても大満足と言いますか、最初は孤独だった千歳が、この世界で、このように人生を謳歌（おうか）してくれたことがとても嬉（うれ）しいです。

とはいえ、ここまで書いてしまうと、千歳の物語はこのまま美しく閉じてあげたい、といなりました。

う気持ちもありまして、五巻というキリの良い巻数にて、本作を完結させていただくことに

物語を終わらせる瞬間の清々しさ、キャラクターたちを見送る瞬間の寂しさというものが、友麻はとても好きです。いつも何度でも、大好き。

物語は終わらせるために書き始めるのだ、というのが友麻のモットーでもあります。当たり前のことのように思うかもしれませんが、自分の思い描いた通りの終わり方ができるというのは、昨今の商業小説では非常に贅沢なことだなと思ったりもします。

ただ、「鳥居の向こう」シリーズ、本当にたくさんの方に愛着を持っていただいていましたし、この世界観が大好きなんだ、という感想を多く頂きます。

友麻も、よくぞ自分からこのような世界が生まれてくれたな、と思うくらい、鳥居の向こうの世界が大好きです。

なので「鳥居の向こうにある異界の物語」というコンセプトは、友麻の一生のテーマとして、今後も練り続け、追い求め続けたいなと考えております。

まさに、はてしない物語です。

また違う形で、皆様に新しい「鳥居の向こう」の物語を、お届けできたらと思っておりますので、今後とも友麻の新刊をチェックしていただけますと幸いです。

もちろん、千歳の物語も、ここで終わりかというとそんなこともないのでは、と思っております。友麻はシリーズ完結後も、何かしら外伝を書く癖があったりするので、機会を頂くことがあれば、またぜひ、千国のみんなの物語を書きたいです。巣立った子どもたちにも時々は実家に戻ってきてほしい、そんな気持ちです。

余談ですが、この作品。

当初から読者さんの中で、零先生派と、透李王子派に分かれていた感じがしたのですが、皆様はどちらでしたか？

友麻は零先生に安本丹と言われたい派でした。

零先生の安本丹が聞けなくなるのは、とっても寂しいです。

それでは、この辺で失礼いたします。

また、いつかどこかの鳥居の向こうで、お会いしましょう。

友麻碧

この作品は書き下ろしです。原稿枚数277枚（400字詰め）。

鳥居の向こうは、知らない世界でした。5

～私たちの、はてしない物語～

友麻碧

令和3年7月5日　初版発行

発行人――石原正康
編集人――高部真人
発行所――株式会社幻冬舎
〒151-0051東京都渋谷区千駄ヶ谷4-9-7
電話　03(5411)6222(営業)
　　　03(5411)6211(編集)
　　振替00120-8-767643

印刷・製本―図書印刷株式会社

装丁者――高橋雅之

幻冬舎文庫

ISBN978-4-344-43105-8　C0193　ゆ-5-5

幻冬舎ホームページアドレス　https://www.gentosha.co.jp/
この本に関するご意見・ご感想をメールでお寄せいただく場合は、
comment@gentosha.co.jpまで。